腹黒CEOととろ甘な雇用契約

目　次

腹黒CEOととろ甘な雇用契約

プロローグ

夏のプールや朝の洗面所でよく聞かれるその水音は、おしゃれなカフェのテラス席には完全に不似合いだった。

(え……?)

顔に水をかけられたのだと気づいたのは、目の前の男が声を荒らげた時だ。

「言い訳するなよ、浮気女! 今まで俺の部屋に何人の男を連れ込んだんだよ! それに部屋からいつも金をくすねてるのも分かってるからな! 警察に届けないだけありがたく思えよ! マグロだし味音痴《おんち》だし……おまえみたいな女と付き合ったのが、そもそもの間違いだったわ」

口を差し挟む隙すら与えずに、男はがなり立ててくる。たたみかけるように投げられる侮蔑《ぶべつ》の言葉に気圧《けお》されてしまい、小坂新菜《こさかにいな》は言い訳すらままならない。

(っていうか、誰のことを言ってるの……?)

新菜は混乱のあまり、前髪と顎《あご》から滴《したた》り落ちてくる水を拭《ぬぐ》うことも忘れ、ぼうっと桜田史郎《さくらだしろう》を見つめていた。

それは確かに、今まで順調にお付き合いし、結婚の約束までしていたつもりの『恋人』であり

『婚約者』の姿だ。

けれど今の彼は、どうしたらそこまで恋人を邪険にできるのかと問いたくなるほどの残酷さを、その目にこれでもかと孕《はら》んでいる。

爪の先ほども予想していなかったためか、新菜の頭はこの出来事にまだついていけないでいる。だから目の前で声を荒らげる桜田を、どこか他人事のように思っていた。

「……史郎、くん」

「――今後もし俺につきまとったりしたら、訴えるからな！　最低女！」

ようやく口を開いて彼の名前をぽつりと呼んだ時には、桜田は新菜との縁をすっぱりと断つように立ち上がり、冷え切った視線を投げて去っていった。

「……」

怒濤《どとう》の展開に茫然《ぼうぜん》とし、しばらくみじろぎもできず……どれくらい時間が経っただろう。固まった身体をようやくゆるゆると動かし、辺りを見回す。

桜田に水をかけられてから、周囲の客がひそひそと話しながら二人を見ていたのだが、頭が真っ白だった新菜はそれに気づいてもいなかった。

我に返って周囲に目を向けた頃には、何事もなかったように景色は動いていた。

1

海堂《かいどう》エレクトロニクスは、海堂ホールディングスを持株会社とするＩＴ企業だ。東京に本社を置き、全国に事業所や子会社を展開している。

その中の一つ、桜浜《さくらはま》事業所は、桜浜駅から徒歩十分圏内の海堂ホールディングス自社ビル内にある。新菜が勤務する桜浜事業所の総務部経理課は、十八階建て社屋の五階に据《す》えられていた。

桜田に突然の別れ話をされた翌日。新菜はいつものように出勤した。

隣の部署である総務課に在籍している彼と顔を合わせるのは気まずい気持ちがあったけれど、休むわけにはいかない。

というより、思いのほかショックを引きずっていない自分がいるのに驚いた。夜もしっかり眠れたし、朝ご飯もちゃんと食べている。

昨日呼び出された時は結婚を意識していたものの、そう遠くない未来にこんなことになるのでは……という思いも、心の奥底には少なからずあったのかもしれない。

あれから、家に帰って湿った服を脱ぎ――

『振られちゃったものは仕方がないよね。……気持ち、切り替えよう』

お風呂から出た時には、そう思えるほど気分は回復していたのだ。

我ながら立ち直りが早いし、きっとすぐにふっきれるのではないかと、前向きな思いで会社に着いた……のだが。

「おはようございます」

そう言って経理課に入ろうとしたところで、周囲がどこか冷ややかな目で自分を見ているのに気づいた。

（え、何……？）

キョロキョロと見回すと、やっぱり遠巻きに冷たい視線を感じる。中には新菜を見ながらひそひそと立ち話をしたり、クスクスと嫌な笑い方をしている女性社員たちもいた。

訳が分からないまま経理課の自席へ着いた後、隣の席の後輩、飯塚《いいづか》に尋ねる。

「ねぇ飯塚くん……何かあったの？」

するとと飯塚は、気まずそうな表情で目を泳がせた。

「あー……なんか、総務課の桜田さんが……」

「桜田くんがどうしたの……？」

「小坂さんが二股かけて自分を裏切ったとかで、えらい落ち込んでるって……」

「はい？」

新菜は眉根を寄せて聞き返す。

「あくまでも聞いた話で、僕が言ったわけじゃないですが、小坂さんは誰とでも寝るだの、浮気の常習犯だの、桜田さんの金を盗んでただの、そういったことを言ってるみたいです」

「はぁ？」

その話に、普段は決して出さないようなテンションの声を上げた。

「それで、こういう動画が回ってきてて……」

そう言って飯塚がスマートフォンのメッセージアプリを立ち上げ、送受信画面から動画を再生する。

それは、昨日桜田から別れを言い渡されたシーンが撮影されたものだった。

＊＊＊

大事な話があるから——昨日は、一年半付き合った婚約者からそう呼び出されたのだ。新菜はきっと具体的な結婚の話を進めるのだろうと思っていた。

けれど実際に告げられたのは、予想もしていなかったひとことだ。

「別れてほしいんだけど」

「……え？」

なんと言われたのかよく分からなくて、新菜は首を傾《かし》げて聞き返す。

「だから、俺と別れてくれ、って言ってんの」

オープンカフェの日当たりのいいテーブルで、爽《さわ》やかな陽気とは真逆な冷たい言葉を浴び、飲み物を持つ手と声が震えてしまう。

「ど、どうして……？」

新菜の動揺を、目の前の男——桜田は汲《く》み取《と》ろうともしない。イライラとジャケットの内ポケットから数枚の写真を取り出して、テーブルの上に無造作に投げた。

「これ……」

「俺の友達がたまたま目撃して、写真を撮っておいてくれたんだ。……浮気するような女とは、これ以上付き合ってらんねぇよ」

蔑《さげす》むような目で見られ、新菜はいたたまれない気持ちで写真に目を落とす。

そこに写っていたのは、確かに彼女だった。奇《く》しくも今二人がいるこのカフェで、コーヒーフラッペを飲んでいる姿だ——男性と二人で、とても楽しそうに。

二枚目の写真は同じくカフェで撮影されたもので、男性の顔が新菜のそれに被さっている写真だ。解釈によってはキスをしているように見えなくもない。

そして三枚目は——同じ男性と手を繋ぎ、桜浜駅近くのラグジュアリーホテルに入っていく写真だった。

確かにその三枚の写真を合わせて見れば、浮気をしていると勘違いしてしまうのも無理はないかもしれない。

けれど——

「史郎くん、私、浮気なんてしてない」

「じゃあこの写真は？　完全に浮気だろ？」

桜田が三枚の写真をトトトン、と指で強く突く。

「これは偶然で……」

「へぇ……偶然でキスまでするんだ？　おまえ」

「きっ……キスなんて、してない。これは――」

「目のゴミを取ってもらってた、とか、陳腐《ちんぷ》な言い訳するつもりかよ？　鼻で笑うわ」

心底馬鹿にしたような視線を突きつけられながら、そう問われる。

桜田は声のボリュームを絞る気がなさそうで、その苛立《いらだ》った声音は徐々に周囲の耳目を引いていった。

新菜は大きく目を見開いた後、すぐにその力を緩める。つとめて冷静を装《よそお》い、極力抑えた声で告げた。

「この日、風が強かったから目にゴミが入っちゃって、その人が見てくれたの。それに私、この人の落としものを拾って――」

真相を告げようとした時、桜田が手にしたカップの中の水を新菜にかけた。そして身に覚えのない事柄をずらずらと並べ立て、彼女を責めるだけ責めて去っていったのだ。

別れを切り出されてから彼が去るまでの展開があまりにもあっという間だったので、新菜の頭はその速さにほとんどついていけなかった。

「よかったらこれどうぞ。返さなくていいですから」

呆《ほう》けていた新菜に、通りすがりの女性がハンドタオルを差し出してくれる。

「あ、ありがとう、ございます……」

頭を下げてそれを受け取った新菜は濡れた顔と頭と服を拭き、そして呟《つぶや》いた。

「……最初からこうするつもりで、お水、頼んだんだ」

カウンターでオーダーした時に、桜田はコーヒーと一緒に水を頼んでいた。いつもはそんなことをしないので、不思議に思っていたのだが――

(コーヒーかけられなかっただけ、ありがたいと思わなきゃなのかな)

「最後のコーヒーくらい、自分で払ってくれたっていいじゃない。……ま、いつものことか」

付き合っている間、こうした食事代は割り勘か新菜が支払うことが多かった。一年半付き合っていて、桜田がごちそうしてくれた回数は片手に満たない。

今日のコーヒー代も、桜田はオーダーするだけしてカウンターを離れてしまったので、結局、新菜が支払ったのだ。

「っていうか、浮気してたとかお金くすねてたとか、誰のこと言ってたんだろう……?」

桜田がわめいていた内容にまったく身に覚えがなかったことも、まともに反応を返せなかった一因だった。

まるで新菜の罪だと言わんばかりにあげつらっていたけれど、彼が言うような所業は一切していなかったのに。

「もう……訳が分からないよ」

新菜はため息をつき、トレーに載せたままだったレシートを取り上げる。その時、テーブルに置かれたままの写真が目に入った。水に濡れてふやけたそれらを指で弾《はじ》き、彼女は再び大きく息を吐く。

冷静になって考えると、『婚約者』といっても口約束だけだった。半年ほど前に食事をしながら「そろそろ結婚でもしてみる？」と言われたくらいで、それ以降、何一つ具体的な話は出ていなかったのだ。

その時点で自分は婚約したと思い込んでいたけれど、桜田にとってはなんの気なしに口走っただけで、本気ではなかったのだろう。両親に会ってほしいと言っても都合が悪いだのなんだのと理由をつけて断られていたし、逆に彼の両親に会わせてもらったこともない。

でもまさか、こんな形で別れを告げられるなんて思ってもみなかった。

「浮気なんか……してないんだけどなぁ……」

ゴールデンウィーク明け――一年の内、もっとも爽《さわ》やかで空気が美味《おい》しい季節だ。

けれど、五月の冴え冴えとした空は、今の新菜にとっては嫌味でしかなかった。

＊＊＊

『――今まで俺の部屋に何人の男を連れ込んだんだよ！　それに部屋からいつも金をくすねてるのも分かってるからな！　警察に届けないだけありがたく思えよ！　マグロだし味音痴《おんち》だし……おまえみたいな女と付き合ったのが、そもそもの間違いだったわ』

『――今後もし俺につきまとったりしたら、訴えるからな！　最低女！』

忌々《いまいま》しげに放たれた言葉が改めて新菜の胸に刺さり、昨日の痛みを思い出させた。

飯塚が教えてくれた話は、本当に自分のことなのだろうか。

（昨日も史郎くんが言ってたけど、何その嘘しかない噂《うわさ》……！）

「僕とか西屋《にしや》さんとか……経理課で小坂さんにお世話になってる面々は、そんな話信じてないですけど。でも総務課では桜田さんに同情してる人が多くて、真に受けてる人もいるみたいです。さっき小坂さんに文句言いに来た人間もいました」

「ねぇ小坂さん」

早速と言うべきか噂《うわさ》をすればと言うべきか――刺々《とげとげ》しい口調で話しかけられて恐る恐る振り返ると、総務課の女王様こと前川《まえかわ》リカが目元にブリザードを吹かせて立っていた。

きつめの美人なので、余計に怖さが際立っている。

「な、なんでしょう……？」

「あなた、うちの桜田くんのこと弄《もてあそ》んでたんだって？」

「もて……あそんだ覚えは……ない……んですけど、ね」

あくまでも穏便に、新菜は口元をひきつらせつつも、笑顔で応対する。

「だって桜田くん、今朝出社するなり青ざめた顔でため息ついてるし。どうしたのか聞いたら、あなたに裏切られて眠れなかった、って」

（あー……史郎くん、また嘘ついてるんだ……）

実は付き合っている頃から、桜田はちょっとした嘘をつくことがあった。待ち合わせに遅れた時に「テレビのインタビューに捕まった」だの、デートの時に財布を忘れてきただの、そういった類《たぐ》いのものだ。

けれど新菜に無実の罪を着せるような、えげつない嘘を堂々とつくなんて初めてだった。

(史郎くん……そうまでして、私と完全に手を切りたいんだ……)

昨日は、桜田はとんでもない誤解をしていると困惑したが、新菜と別れたくて嘘をついたというのなら、悲しいけれど納得できてしまう。

どうしてここまで嫌われてしまったのか、まったく心当たりがなかったけれど。

「桜田くん、あなたの所業に耐えられなくて、別れ話をしたんだって。私の同期がたまたまその場に居合わせて、動画に撮ってたけど……みっともなさすぎ」

前川が新菜を見る目は、軽蔑《けいべつ》の色で染まっている。完全に新菜を見下して馬鹿にした笑みを浮かべているのが、分かりやすくてかえって清々《すがすが》しい。

彼女はくどくどくどくど、まだ何か言い続けているが、新菜は半分呆《ほう》けながら、前川のことを見ていた。

ブラウスの襟《えり》ぐりから肌色のサージカルテープが見えているけれど、ケガでもしたのかなぁ……とか、耳にピアスの穴が何個も空《あ》いているなぁ……とか、関係ないことをぼうっと考えてしまう。

我に返ったのは、彼女が声を荒らげた時だ。

「あなた聞いてるの!?」

こうなってはもう腹をくくるしかない。新菜は胸にじくじくと湧く痛みを押し込め、精一杯の作り笑いで前川に言った。

「まったく身に覚えのないことで、どうしてそこまで言われているのか私には分かりませんが、桜田くんに『お大事に』って伝えてもらえますか？」

そして自分の机に向かい、仕事の準備を始めたのだった。

新菜は部署の同僚たちに事情を説明し、騒がせたお詫《わ》びをした。

彼女が元々真面目な性格なのを知っている経理課の面々は「水かけられて災難だったね」「風邪ひくなよ」などと声をかけてくれる。

彼らが噂《うわさ》を気にも留めずにいてくれるおかげで、普段と変わりなく業務をこなしていられた。ところが――

「小坂さんって三股かけてるんですって？　人は見かけによらないって言いますけど、ほんとですね～。……どうやってたぶらかしてるんですかぁ？」

昼休み前に、今度は他部署の庶務が出張精算書を持ってきて言った。前川ほどアクが強くないものの、人の噂《うわさ》が大好きな歩くスピーカーのような女性だ。

（三股って……一人増えてるし！）

クスクスと悪意のある笑いを放たれ、カチンときた新菜は出張精算書を突き返す。

「これ、宿泊先の領収書と精算書の金額の数字が合ってないので、お返しします。申請し直すよう、言ってください」

淡々とそう告げると、庶務の女は「え、うそ」などと口走りながら、精算書と領収書の数字を見比べた。そして悔しそうな顔をして自分の部署に戻っていく。

（いや、数字間違ったのは申請者なんだから、あなたが悔しそうにしなくても……）

心でツッコミを入れてみるが、他人から悪意を向けられるというのは地味に精神を削られるものだ。

たったこれだけのやりとりで、HP《ヒットポイント》とMP《マジックポイント》がごっそりと減っている。

他にも廊下を歩いている時に「ビッチ」と罵《ののし》られるわ、「桜田さん可哀想〜」などとわざと聞こえるように言われるわで、新菜の悪口がそこここから聞こえてきた。桜田はどれだけ話を盛ったのだと苦笑せざるを得ない。

極めつきは、名前も知らない男性社員に呼び止められて、「小坂さん、誰とでも寝るんだって？だったら俺もお願いしていい？　今夜どう？」、「どんなテクニック持ってるの？　教えてよ〜」などと、セクハラ発言を投げかけられたことだ。

さすがにこれには呆れ果てる。

「今の発言、セクハラですよね？　録音したんで人事部に持ち込んでいいですか？」

そう言ってやると、慌てふためいて逃げていった。

そんな下品な男を二、三人いなしたところで、新菜は息抜きのためにレストスペースに赴《おもむ》く。自販機でカプチーノを買うと、近くのベンチに座り込む。

朝からビッチだの三股だのと、何も知らない連中が言いたい放題言ってくれているが、そもそも新菜の男性経験は桜田だけなのだ。彼が初めての男で、彼しか知らない。

経験の乏《とぼ》しいこんな自分が、男性を弄《もてあそ》ぶ手練手管《てれんてくだ》なんて持っているはずないのに。

(はぁ……もう疲れたぁ)

精神的には早くもギブアップしたいところだ。

その時――

「新菜、大丈夫?」

声をかけられると同時に、隣に腰を下ろしてくる影が見えた。

「慶子《けいこ》」

同期で友人の相馬《そうま》慶子だ。

「桜田ったら、やることが甘いのよね。だってこれ、新菜が弁護士入れて訴えたら負けるわよ」

さすがに慶子は、桜田の嘘をはなから信じていないらしい。暴挙とも言える彼の吹聴を、鼻で笑っている。

「でも酷《ひど》いよ! 動画まで拡散するなんてさ! 新菜、訴えてやりなよほんと! SNSに悪行上げてやれ!」

さりげなく(?)話に参加してきたのは、これまた同期の吉岡紗良《よしおかさら》だ。えらく荒々しい鼻息で、新菜の斜め前にあるスツールに座る。

この二人には昨夜の内に事情を話しておいたので、新菜と桜田がどういういきさつで別れたのかを知っていた。

「それにしても、一体どういうつもりなのかしら、桜田」

「いっそあいつの本性明かしてやればいいのよ、新菜！」

「まぁ……それで周りが信じてくれれば苦労はないよね」

どうやら噂《うわさ》は結構な範囲まで広まっているらしい。それをどう収束させたらいいものか。

桜田は社内ではイケメンで通っており、表向き人懐っこい性格も手伝って、女性社員からは人気がある。

そんな彼が付き合っていた女から裏切られた末、フリーになった。きっと、傷心の彼を慰《なぐさ》めつつ後釜に座ってやろうと狙う女性が多数いるはずだ。

そういう女性たちが噂《うわさ》の着火剤となっている可能性が高く、桜田はそれを見越して火種を投げ込んだのだろう。

「誰かに何か言われたら、私に言いな！　ボッコボコにしちゃう！」

紗良は可愛らしい容姿とは相反して、性格は結構過激である。しかも趣味でキックボクシングをやっているのだ。座りながらファイティングポーズを取る姿も、なかなか様《さま》になっている。

「紗良、格闘技やってる人は素人《しろうと》さんには手を出しちゃダメだって。……まぁ、私もそうしてやりたいけど」

慶子が笑いながら言った。聡明な美人である彼女には慶子という名前がよく合っている。

「二人が味方でほんとよかった。それだけでも安心できる」

「ま、最悪の場合はマジで弁護士入れちゃいなさいよ」

「弁護士がめんどくさかったら、私がいつでも鉄拳制裁！」

「ん……」

二人の慰《なぐさ》めに、新菜はホッとして笑みを見せた。


しかし今日一番の試練は容赦なく訪れる。

経理課のコピー機が故障し、メーカーに点検・修理を依頼した。その間、隣の総務課のマシンを借りることに。

新菜も例外なく、コピーをしに総務課へ赴《おもむ》かねばならなくなる。

よりにもよって今、この時に、だ。

総務課と経理課は隣同士ではあるが一応壁で仕切られているので、あちらからの雑音はシャットアウトされている。そのおかげでここまで幾分かは助けられていたけれど。

(あー……胃が痛い)

総務課のドアの前で、新菜はお腹《なか》を擦《さす》った。

いくら腹をくくったとはいえ、敵の本丸にたった一人、丸腰で突入するようなもの。針のむしろだ。

新菜はドアを小さくノックし、ドアノブを回してそっと中へ入る。

「コピー機、お借りしまーす」

そう声かけをした瞬間、その場にいたほぼ全員が顔をこちらに向けた。

「……」

侮蔑《ぶべつ》や下卑《げび》の意を含んだ視線が、新菜に突き刺さる。しかし当の桜田は、気まずそうに目を逸《そ》らした状態だ。

あることないことを吹聴したのを自覚しているのだろうが、その姿を『裏切られたのがつらくて、元カノを正視できない』として受け取る者もいるだろう。

気にしても仕方がないので、コピー機へ向かい、原稿をセットする。結構な枚数をコピーしなければならず、それを待っている間がまた苦痛だった。

「よくここに来られたよね……」

「面《つら》の皮が厚いから、二股とかできるのよ」

「桜田くん、可哀想……」

などという声が後ろから聞こえてくる。

(あーあー、聞こえない聞こえない)

気持ちの上では耳を塞《ふさ》いでいるつもりだ。実際にはコピー機の稼働音を耳栓にして、雑音を右から左へ受け流している。

「ぐぅ……っ」

突然、後ろのほうで呻《うめ》くような声とガタンという音がして、それから誰かが駆け出す足音が聞こえてきた。

視界の端っこで、桜田が口元を押さえて総務課から出ていくのが見える。

「ちょ……桜田くん、気持ち悪そうだったんだけど！」

「あの女の顔見てたら思い出したんじゃない？　なんか、桜田くんの部屋に浮気相手連れ込んでるところに出くわしたらしいから」

（ちょっ、いつの間にそんな話に……！）

こう言ってはなんだが、桜田の部屋は整理整頓とは無縁で、浮気相手どころか普通に友人を入れるのすら躊躇《ちゅうちょ》する魔窟《まくつ》だ。整理収納アドバイザーの資格を持っている新菜が、彼の部屋を訪れるたびに掃除や整理整頓をしていたくらいなのだから。

それに新菜は彼の部屋の合鍵を渡されていなかったので、他の男など連れ込めるはずもない。

（よく後から後からえげつない作り話を思いつくものよね。それに何？　今の演技、アカデミー賞でも狙ってるの……？）

あのお涙ちょうだいものの『元カノの顔を見てトラウマに襲われて吐き気をもよおす』姿も、もちろん演技だろう。あんなしおらしい桜田なんて、今まで見たこともない。

新菜の悪印象を周囲に植えつけるためだけの、浅はかなパフォーマンスに違いないのだ。

（こうして冷静になって考えてみると、史郎くんってロクでもない男だったのね……）

慶子と紗良に言ったら「今頃気づいたの!?　これだから恋は盲目と言って――」なんて、こんこんと説教されそうなことを、新菜はしみじみと思った。

そんなことを考えている間にコピーは終わる。さぁ、とっとと出ていこうと冷ややかな視線を跳《は》ね除《の》けて総務課の外へ出ると――

「きゃっ」

ちょうど総務課に入ろうとしていた女性とぶつかってしまった。

「あっ、すみません！」

危《あや》うくコピー済みの紙をぶちまけそうになったが、なんとか二、三枚落としただけに止《とど》まる。

「いえ、こちらこそ。すみませんでした」

女性はにこやかな態度で、落ちた紙を拾ってくれた。

「あ、ありがとうございます」

（あ……この人）

ちょっと見ない美人のその女性は、秘書課の篠山乃梨子《しのやまのりこ》だ。

経理課にも時々やってくるので、新菜も顔と名前くらいは知っていた。美人なのにツンケンしておらず誰にでも優しい、男性社員から絶大な人気を誇る女性社員である。

お互い会釈《えしゃく》をしてすれ違うと、乃梨子が総務課に入っていく。途端――

「篠山さん！　こんにちは！」

「今日もきれいですね、篠山さん！」

新菜が入室した時とは百八十度違う反応が飛び交っていた。

（まぁ、ほんとにきれいな人だから、分からなくもないけど……）

――それにしたって反応が露骨すぎやしません？

新菜はごくごく小さな声でそう呟《つぶや》いた。

それからも地味に嫌がらせが続いた。

噂《うわさ》は総務部だけではなく、他部署にも波及し、わざわざ「彼氏を弄《もてあそ》んで捨てて水をかけられた三股ビッチはどんな女だ」と見に来る社員まで出る。

「違うフロアから噂《うわさ》の対象をいちいち見に来るとか、暇人が多いんですね、うちの会社」

飯塚がPCに目をやりながら、冷たい口調で言った。

「そうだね……飯塚くんは彼女のこと大事にしてあげてね」

「僕は桜田さんとは違うんで」

疲れた口調で新菜が言うと、彼はきっぱりと返す。

飯塚の彼女は他の会社に勤めている。本人曰《いわ》く「付き合いは極めて順調」だそうだ。彼は特別イケメンというわけではないが、清潔感のある見た目で好感が持てるタイプ。

(いいな……彼氏に大切にされる彼女が羨《うらや》ましい)

新菜はこっそりとため息をついた。

2

事《こと》の始まりは、桜田に振られる一週間前の週末だった。

新菜は彼に贈る誕生日プレゼントを選びに、桜浜駅近くのショッピングモールへ行った。

今年は時計が欲しいと言っていたので、チタン製のクロノグラフにしようかとあちこちの店を覗く。

いくつかの候補を自分の中で決めつつ、どれにしようか悩みながらモールの中を歩いていると、バサリと目の前に何かが落ちてきた。

「っ、何……？」

拾ってみれば、それは銀行の封筒だ。

（え……ということは……）

結構な厚みのあるそれには、現金が入っているようである。

慌てて前を見て、スーツ姿の男性が片手にカップのコーヒーを持ちながら、空《あ》いた手で自分のジャケットのポケットを探っているのに気がつく。

探っている時に落としたのか、落としたことに気づいて探っているのか分からないけれど、とにかくこの封筒の持ち主はこの男性だと確信し、新菜は声をかけることにした。

「あの……もしかして、探しているのはこれ、ですか？」

おずおずと封筒を差し出すと、男性が振り返る。

（うわ……きれいな男の人……）

まるでスクリーンから抜け出てきたのではないかと錯覚するほど、美しい男だった。

どことなく外国の血が入っていると思わせるような彫りの深さ、目元はくっきりとした二重《ふたえ》まぶたで、切れ長なところは日本人らしい。整った隆鼻の下には美しい形のくちびる。

黒茶のサラ髪がナチュラルにセットされていて清潔感にあふれている。

背は百八十五センチはありそうだ。百五十八センチの新菜は完全に見上げてしまう。

まるでそこだけ女優ライトでも当てているのかと思うくらい、あまりにもきれいでキラキラしているので、眩《まぶ》しくて目をぱちくりさせていると、男性の輝きがさらにギアを上げた。

「ありがとうございます。落としていたんですね……私としたことが」

低く通る美声でお礼を述べた後、彼は財布から一枚の紙を取り出す。

「今のところ、私のものだと証明する手立てがこれしかないのですが」

それはお金を下ろした銀行と金額が記載されている、取引明細書だった。

封筒に印刷されている銀行名と同じだし、厚みから推測する金額もそれくらいだ。

「あ、別に疑ってはいないので、大丈夫ですよ」

新菜は胸の前で手を振る。

彼のスーツはいかにもオーダーメイド然とした仕立てのよさが滲《にじ》み出《で》ているし、立ち居振る舞いも品がある。

大金を持ち歩いていてもなんら違和感のない風貌《ふうぼう》だ。

「これがなければ今日の支払いが滞《とどこお》るところでした」

彼は肩をすくめて笑った。

（そんな大金を現金でやりとりすることもあるのね……）

下世話ではあるが、封筒を拾って持った限り、百万円は入っていた気がする。

現代社会ではキャッシュレス化が進みつつあるが、現金至上主義者というのがまだ少なからずいるのは知っていた。特に日本では、未だにクレジットカードが使えない場面が多々ある。

請求書を送り振込を待つ、ということすら信用していない古い経営者もいるのだ。目の前にいるこの男性がそうだとは思わないけれど、相手先がそういう主義なのかもしれない。

（でも、大金をなくさないでよかった！）

他人事ながら新菜はホッとした。当人ならなおさらなようで、男性が安堵《あんど》の表情を見せる。

「本当に助かりました。もしよければ、お礼をさせていただけませんか？」

「ただ拾っただけですし、そんな大げさな」

「それでは私の気がすみません」

「いえ、あの私、用事がありますし――」

「いえいえ」「いやでも」の応酬を何度か繰り返した後、新菜がもう一度遠慮しようとして上げた手が、彼の手にしていたコーヒーカップを弾《はじ》く。

「あっ」

声を上げた時にはもう遅かった。中に半分ほど残っていたコーヒーが、新菜の服にパシャンとかかる。

五月の中旬――コートは着ていなかったので、ブラウスとスカート双方にべったりと琥珀《こはく》色のしみができた。

「申し訳ありません！」

男性が整えられた髪を振り乱さんばかりに、勢いよく頭を下げる。

「いえ、こぼしたのは私ですし……っ」

「もうぬるかったのでやけどはないと思いますが、洋服を汚してしまいましたね。弁償させてください」

慌ててポケットからハンカチを取り出し、「これで拭いてください」と、新菜に手渡した。彼女は言われるがままにそれで濡れた部分を拭く。

「あー……いえ、弁償なんて……」

控《ひか》えめにそう言ってはみたものの、このままでは家に帰るどころか、町を歩くのもはばかられる。どこかで服を調達したいのは確かだ。

「女性に恥をかかせた上にこのまま帰すなんてことになったら、親に勘当されてしまいます。お願いですから、弁償させてください」

あまりにも必死な表情で言ってくるので逆に申し訳なくなり、新菜は苦笑しつつうなずいた。

「じゃあ……あそこでお願いしてもいいですか？」

新菜が指差したのは、ちょうどそばにあったファストファッションの店だ。そこでなら服を買ってもらっても、罪悪感はさほど湧かないだろう。

けれど彼は大げさに目を見開いて、かぶりを振った。

「とんでもない！　弁償でファストファッションなんて押しつけたら、末代までの恥です。私がひいきにしているサロンが近くにあるんです。行きましょう」

（サ、サロン……？）

驚きを隠せない新菜をよそに、彼はその美しい顔に優美な笑みを乗せ、彼女の手を引く。

彼はそのままショッピングモールを出て、連絡口から隣にあるラグジュアリーホテルに場所を移した。

途中、男性は「私は中邑航洋《なかむらこうよう》と言います。小さな会社を経営しております」と自己紹介をする。

新菜は新菜で「小坂新菜です、会社員です」と小声で名乗った。

ホテルの地下には高級ブランド店が軒《のき》を連《つら》ねており、中邑はその中の一つであるファッションブランドの店舗に入ろうとする。もちろん、新菜の手を引いたままで、だ。

（え……アルフレッド・ゴスってすごく高いって聞いたけど……）

英国の有名ファッションデザイナーの名前を冠したそのハイブランドは、新菜ももちろん知っていた。洋服一枚で、彼女が住んでいるマンションの家賃が飛んでいくほどの価格設定だったはずだ。

（いくらなんでも、ここは……）

「あ、あのっ、こんな高級なお店なんてダメです！」

「どうして？」

「たかがコーヒーこぼしたくらいで、申し訳ないです……っ」

「恐縮する必要なんてないです。むしろ私に任せてもらえると嬉しい」

中邑が優しく笑い、新菜の背中に手を添えて店の中へ足を踏み入れた。

「どうも、お世話になります」

「これは中邑様、いつもありがとうございます」

挨拶《あいさつ》した彼を、店員の女性がにこやかに出迎えてくれる。三十代後半くらいだろうか。落ち着きのあるたたずまいの、上品な雰囲気をまとった女性だ。

「西崎《にしざき》さんすみません、このお嬢さんに似合うものを見繕《みつくろ》っていただけませんか。見ての通り、私の不調法で服をダメにしてしまいました。彼女は小坂新菜さんといいます」

「それは大変でございましたね。かしこまりました。小坂様、こちらへどうぞ」

西崎と呼ばれた店員が新菜を促《うなが》した。

新菜はあたふたして声を上げる。

「あ、あの……！」

「はい、小坂様は何かご希望がおありですか？　タイプやお色など」

ニッコリ笑う西崎に、う、と言葉が詰《つ》まった。

「……いえ、なんでもありません。お任せ、します」

（まさかこの状況で「一番安いものでお願いします」なんて言えないよ〜！）

そんなみみっちい要望を口にすれば、中邑に恥をかかせてしまうことになるだろう。新菜にだってそれくらいの空気は読める。

彼が自らこのブランドを選んで新菜を連れてきたのであって、彼女がわがままを言ってここを指定したわけではないのだし。

それにこんな高級ブランドを巻き込んで新菜を騙《だま》し、高額なものを買わせるような詐欺紛《さぎまが》いなことをするとは思えない。

とりあえずは様子を見つつ、二人に身を任せることにした。

西崎はまるで自分のものを選ぶように、満面の笑みで何着もの服を新菜に当てる。

「このような可愛らしいお嬢様のお召しものを選ばせていただくのは久しぶりなので、少々張り切っております」

弾《はず》んだ声音で告げてきた。

「そうですね。私も眼福です」

中邑もまたニコニコと笑みを絶やさずに、候補が次々に出てくるのを楽しんでいるようだ。

新菜は自分が着せ替え人形にでもなった気分になる。

西崎が選んでくれたのは、すべてセンスがよく品もよいものだった。さすが専門家、といったところだ。

だから、どれがいいかと尋ねられても、迷ってしまう。

結局、薄いアイボリーのフレアスリーブブラウスに、ピンク地の花がらのフレアスカートを、西崎にコーディネートしてもらった。

しかも彼女は、それに合うアクセサリーまでセットにしてくれたのだ。

「あぁ、とてもよく似合いますね」

中邑が目を細めて褒めそやしてくるが、新菜はなんだか落ち着かない。自分が着ている服を矯《た》めつ眇《すが》めつ眺めながら、不安を隠せず尋ねる。

「本当にいいんでしょうか……？　なんだか私にはもったいないです」

「そんなことはないです、すごく可愛いです」

「とってもよくお似合いですよ」

西崎が自身の仕事に大満足な様子でうなずく。その笑みには達成感が見て取れた。

（言われてみれば……）

店内に置かれた姿見を覗いて、確かにこの服は自分に似合っているかもしれないと新菜は思う。

肩より少し上の茶髪、色白で甘めの顔に、選んでもらった服が映《は》える。

全体的に華奢《きゃしゃ》なので、エアリーなラインがきれいに出ているし、今履いている薄茶系のパンプスにもちょうど合う。

「西崎さん、当然ですがこのまま着て帰りますので、タグは切ってください」

「かしこまりました。着ていらしたお召しものはいかがいたしますか？」

彼女に水を向けられた新菜は、申し訳なく思いつつも言う。

「あ……帰ったらクリーニングに出しますので、そのまま袋に入れていただいてもいいですか？」

「かしこまりました。……中邑様、そういうことでよろしいですか？」

西崎が今度は中邑に目を向けた。

「彼女がそう言うのならそれで。クリーニング代は後で渡しますので」

「いえいえ！　もう、この服をいただいただけで十分すぎるほどです。クリーニングは自分で出しますので大丈夫ですから」

ただでさえ、選んでもらった服とアクセサリーの金額をざっと頭の中で予想し、冷や汗が出そうになっているというのに、その上クリーニング代まで受け取ってしまってはバチが当たるだろう。

（た、多分、服だけで私の月収が軽く飛んでく……）

「じゃあ、この場はそういうことにしておきましょうか。……では小坂さんはあちらで待っていてもらえますか？」

中邑が中ほどにいくつか並べられた高級そうなスツールを指差した。

言われるがままに腰を下ろした新菜は、存外な座り心地のよさにさすが高級ブランド店だと感心する。

彼のほうに目をやると、カウンターで支払いをしているようだった。

あまりじろじろ見ているのも失礼かと思いすぐに目を逸《そ》らしたのだが、一瞬だけ目に入ったのは、金属製クレジットカード――いわゆるプラチナカードだ。

（やっぱりそういう人なんだ……）

それくらいの資産家でないと、会ったばかりの女にこんな超高級店で洋服をポンと買い与えたりなどできないだろう。新菜はすんなり納得した。

緊張しながら座って待っていると、しばらくして中邑が近づいてきた。手には大きなショッパーを持っている。新菜が元々着ていた服が入れられているらしい。それを彼女に手渡し、中邑は改めて頭を下げた。

「小坂さん、本当に申し訳ありませんでした」

「いいえ、こちらこそ、こんな素敵な洋服をいただいてしまって恐縮しています。本当にいいんでしょうか……」

何度も問うのはしつこいし失礼だとも思うが、本当に不相応なお詫《わ》びに、ありがたいと思うよりも、恐れ多い気持ちが先に立ってしまうのだ。

「そんなに申し訳ないと思ってくださるなら、私のこぼしたコーヒーをあなたにごちそうしていただく、というのはどうでしょう？」

「え……」

中邑の突然の提案に、新菜は少し躊躇《ちゅうちょ》した。けれど、コーヒーくらいなら……と、うなずいて立ち上がる。

西崎にお礼を告げ、二人はホテルから出て駅に向かう。そして駅前にあるカフェに入ると、新菜はコーヒーとコーヒーフラッペを注文した。

「テラスでもいいですか？」

中邑がコーヒーを持って外のテラス席に腰を下ろしたので、新菜はその前に座る。

「今度はこぼさないようにしないと」

笑って言う。

「本当にかさねがさね申し訳ないです。……でも小坂さんには不快だったでしょうが、あなたのような可愛らしいお嬢さんと知り合えるのなら、こんなハプニングも悪くはないかな、と思えますね」

甘く目を細める中邑に対し、新菜は目を丸くした。

「中邑さんは女性を褒めるのがお上手ですね」

「本心ですよ」

コーヒーカップを手の平で覆《おお》うように持ち上げて、中邑が笑う。つられて新菜もクスクスと笑った。

「――それにしても、あんなふうに現金を落とすとは思いませんでした。弟にいつも言われているんです。『兄さんはもっとお金に執着したほうがいい』って」

「それは弟さんが正しいですね。私がもし悪い女だったら、素知らぬ顔でポッケに入れてましたよ？」

意地悪く言うと、彼は苦笑いする。

「小坂さんはご兄弟は？」

「私にも弟がいます。実家住まいの大学生で、先日内定が出たって報告が来ました」

「それはおめでとうございます」

新菜の弟の新一《しんいち》は理系の大学生で、有名信用調査会社に就職内定したところだった。そこではシステム開発の仕事をする予定だそうだ。

「中邑さんは弟さんのこと、とても可愛がってらっしゃるんですね」

「え……」

新菜の突然の言葉に、中邑が目を見張る。

「だって、弟さんの話をしていた時、中邑さん、とても優しい目をしてらしたから」

彼の引き締まったまなざしが瞬時にして柔らかいものになったのを、新菜は見逃さなかった。彼女も四歳年下の弟と仲がいいので、なんとなく分かるのだ。

「そう、ですか……」

指摘された中邑は、照れたように頬をかいた。その姿を見て、新菜は心がほっこりと温かくなる。

次の瞬間、心の中とは逆に少し冷たい風が吹いてきた。強めのそれは地面に落ちていた葉や屑《くず》を巻き上げる。

「あ……風出てきましたね」

「中に入りましょうか」

「そうですね……っ、あっ」

二人して立ち上がろうとした瞬間、新菜は目をつぶった。

「どうしました？」

「……目にほこりが入ったみたいです」

片目を閉じたまま、まぶたを手で押さえる。

「大丈夫ですか？　見てさしあげましょうか？」

「いえ、大丈夫です。目薬差しますので」

目をしぱしぱと瞬《またた》かせると、中邑が心配そうに覗き込んできた。

「……あぁ、目が充血してますね。痛そうです」

新菜はバッグから目薬を出して差す。涙と一緒にほこりも流れ出たのか、ようやく痛みが和《やわ》らいだ。

ほぅ、と息をつく。

「私がテラスに出たせいで……すみません。あの小坂さん、もしよければこのままここを出て、お食事でもいかがですか？　いい店を知っているんです」

中邑が駅のほうを指差した。

新菜は困って眉根を寄せる。

「あー……お誘いは嬉しいのですが、私、お付き合いしている方がいるので、他の男性と二人で食事というのはちょっと……」

このお茶だって本当は躊躇《ちゅうちょ》したのだ。

でもあまりにも頑《かたく》なに断るのもどうかと思ったし、何より服を買ってもらった負い目があったので、お茶くらいなら……と同行したまでで。

「どうしてもダメですか？」

「すみません」

探るように見つめられたが、新菜は申し訳なく思いつつもきっぱりと謝罪する。

「分かりました。……残念ですが、食事は諦めます。でも、これだけは受け取ってください」

そう言って、中邑が財布の中から一万円を差し出した。

「？　なんですか？」

「クリーニング代です」

「これはいただけません。洋服を買っていただいたのに」

新菜が首を横に振っているのに、中邑は引かない。

「せめてものお詫《わ》びです」

「ですから、お詫《わ》びでしたらもう十分なので」

これだけは受け取れないと、新菜は固辞する。意固地とも言えるその態度に、彼は諦めたような表情で息をついた。

「……分かりました。無理に押しつけてもご迷惑ですしね。残念ですが、これは収めることにします」

一万円札を財布に戻す。

「すみません、ご厚意を突っぱねるようなことを言って。本当にもう、この服だけでも余るほどのことをしていただいたので」

これ以上の『お詫《わ》び』を回避することになんとか成功した新菜は、安堵《あんど》しつつ立ち上がる。

「――私、そろそろお暇《いとま》します。……本当にありがとうございました、中邑さん」

「……いえ、こちらこそ申し訳ないことをしました。その服、本当によく似合ってますのでよかったです」

中邑がきれいに笑った。

「では、失礼します。ありがとうございました」

深々と頭を下げて、新菜はカフェを後にする。

一度だけ振り返ると中邑と目が合ったので、会釈《えしゃく》をして今度は本当にその場から去った。

「……あ、一応念のために連絡先を伝えておいたほうがよかったかな」

そう気づいたのは、桜田への誕生日プレゼントを買った後だ。

でも、その時の新菜にはそんなことはどうでもよくて。

「史郎くん……気に入ってくれるといいなぁ」

きれいにラッピングされた腕時計の箱を見て、そう呟《つぶや》いていた。

結局そのプレゼントは渡せなかったのだけれど。

3

「――何なに？　『小坂さんの×××を見せてください』……キモい。キモすぎる」

「こっちは『尻軽ビッチ！　海堂エレクトロニクスの面汚《つら》し、早く辞めろ』だって、えげつな！」

慶子と紗良は新菜から差し出された紙切れに目を通すと、嫌悪感丸出しの顔で毒づいた。

ねつ造された新菜の悪評が広められて四日が経つ。

新菜は経理課長を含めた課員にことの経緯を説明し、誤解を解いた。

直接話ができたこと、常々桜田の人間性に疑問を持っていた人もいたことで、自分の周囲の社員には理解を得られている。

けれど、その他の親しい付き合いのなかった人間からは、ふしだらな女認定されていた。

すれ違いざまに下品なことを言われたり、ロッカーに嫌がらせの手紙が入っていたり、机の中に避妊具が置かれていたりと、一部上場企業とは思えない無秩序ぶりに、新菜と彼女擁護派は呆れかえっている。

一応、上司から他部署に注意喚起をしてもらったものの、大した改善は見られず。

しかも、通勤時や帰宅時に誰かが新菜の後をつけている気配も感じられ、少し怖くなっている。

とりあえず、なるべく人通りの多い明るい道を歩くよう心がけた。

今までなんとか受け流していたつもりの新菜も、さすがに疲れる。

金曜の定時後にぐったりしていたところを慶子と紗良に食事に誘われた。会社近くの創作イタリアンレストランへ行き、アペタイザーとワインを注文する。

そして、料理が来るまでの間、新菜は帰り支度をしている時に引き出しで見つけたメモ用紙を二人に見せたのだ。

「いい年した大人がこんな下品なメモ書くとか、ありえないんですけど」

慶子が手にしていたメモを汚そうに摘《つ》まんで、新菜に返す。

「案外、桜田自らやってるんじゃないの？　ほんとアイツ、ボコリたいわー」

紗良は握りこぶしをグーパーさせながら吐き出した。

新菜は二人にとりあえずは何もしなくていいとお願いする。もしもの時に味方になってくれさえすれば、と。

今のところ、慶子も紗良もおとなしくしている。

「私……もう辞めようかなー」

疲れた口調でぼそりと呟《つぶや》くと、二人が身を乗り出した。

「新菜！　あんなヤツに負けちゃダメ！　やっぱ私がボコるから！」

「もし辞めるにしても、アイツの化けの皮剥《は》がしてからのほうがいいわよ、新菜。多分、桜田はそれを狙ってるんだろうし」

「それって？」

紗良が慶子に問う。

「だから、新菜が悪評に耐えかねて退職願を出すことを、よ。そうでもなきゃ、あんな一気に嘘八百流したりしないわ。噂《うわさ》が収束しない内に新菜の精神壊して辞めさせるつもりなのよ」

「えぇ〜！　悪質にもほどがある！　……ね、新菜、やっぱアイツボコろう？」

さっきから血気盛んに報復を提案する紗良を「まぁまぁ」となだめながらも、新菜はうなだれた。

「実は私も、そんな気がしてるんだよねー……」

あれからも桜田は被害者のような顔をして、周囲を味方につけている。噂が収束しないよう、絶えず火種を投げ込んでいる節も見られた。

こんなところでサラリーマンをやっているより、俳優にでもなるべきではないかと、新菜は心の底から思った。

それにしても。

精神衛生上、今の状況に耐えられるのもそう長い期間ではなさそうだ。完全に病《や》んでしまう前に転職を考えたほうがいいかもしれない——そんなことを考え始めている。

「とにかく！　本当に辞めたくなったら一度相談してよね、私たちに」

「うん、分かった」

紗良の言葉に、新菜は笑ってうなずいた。

それからは料理を何品かシェアし、小一時間ほどで店を出る。そして桜浜駅前で、ＪＲ組の慶子と紗良、私鉄組の新菜は別れた。

新菜は私鉄の改札口に向かい、自動改札を通るためにバッグからＩＣ定期券を取り出す。その刹《せつ》那《な》――

「小坂さん！」

自分の名を呼ぶ男性の声がして、振り返る。

「あ……な、かむら……さん？」

紛《まご》うことなき、中邑航洋だった。

相変わらずキラキラをまき散らす美形で、夜も更《ふ》けているというのにどこか眩《まぶ》しい。高級そうなスーツ姿も先日と同じだ。

そんな彼がわずかに目元を緩めながら、新菜に声をかけてきた。

ある意味、今の新菜の苦境の原因となった男性だ。正確に言えば彼のせいではないので恨む気持ちなどはないけれど、心中は少し複雑だった。

「こんばんは、あなたを待っていました。お時間いただいてもいいですか？」

「え？　どうして――」

――私を待っているんですか？

――私がこの駅を使うと知っていたんですか？

そんな疑問を孕《はら》んだまなざしで中邑を見ると、彼は肩をすくめる。

「後ほど説明いたしますので、場所を移しませんか？　小坂さんがお好きなレストランでも居酒屋でも。できれば個室があるところがいいのですが」

「あ、はい。じゃあ……」

新菜は少し考えた後、彼を先ほどのレストランの隣にある和食系の居酒屋へ案内した。

ここは居酒屋と銘《めい》打《う》ってはいるが、比較的喧騒《けんそう》が少なく個室が多い。案の定個室内は静かで、落ち着いて話ができそうだ。

新菜はすでに満腹だったが、中邑がメニューを広げ「お刺身なら少しはいけるのでは？」と、刺身の盛り合わせを頼む。それに加え、話をするために二人ともとりあえずはノンアルコールの飲み物を注文した。

新菜はシャーリー・テンプルを、中邑はノンアルコールビールだ。

「中邑さん、お話ってなんですか？」

飲み物が来たところで、新菜は中邑に切り出した。水を向けられた彼は、大げさなくらいに眉尻を下げて答える。

「私は、あなたに謝らなければなりません」

「あ……先日、たくさん謝っていただきましたけど？」

もったいないくらいのお詫《わ》びの品とともに、散々謝罪の言葉を聞いたつもりだ。これ以上の謝意は必要ない。

「そうではありません。……まず私ですが、こういう者です」

中邑が胸ポケットの名刺入れから一枚取り出し、新菜に差し出した。彼女はそれを恭《うやうや》しく受け取り、目を落とす。

「皆川《みながわ》データリサーチ株式会社、代表取締役社長兼CEO……皆川航洋……。え？　皆川って……」

新菜は困惑を隠せず、名刺と中邑を交互に見た。

『中邑』は母の旧姓なんです。先日は偽名を名乗っていました。本名は皆川航洋といって、皆川データリサーチという調査会社の最高経営責任者をしております」

中邑改め皆川航洋は、申し訳なさそうにノンアルコールビールを口にする。新菜もカクテルに口をつけた。

「なか……皆川さんなのは分かりました。それで、そのことをわざわざ謝りに？」

「いえ、本題はこれからです。あの日、私があなたの目の前でお金を落としたのも、コーヒーをこぼしたのも、実はわざとだったんです」

「え……」

確かに考えてみれば、あんなふうにいきなり現金の入った封筒を落とすなんて不自然ではある。けれどまさか、見ず知らずの人間の前で大金を落とすというリスキーなことをわざとするなんて、誰も思わない。

現金には記名などしないのだから、先日新菜も言ったように、拾った人間が我が物顔で懐《ふところ》に入れてしまっても仕方がない。

そういった危険を冒してまで、自分にそのようなことを仕掛ける理由はなんだろう。

新菜は心の中でうーんと唸《うな》る。

「私は桜田史郎から頼まれて、あなたを調査していました」

「し、史郎くんから……？」

皆川の意外すぎる言葉に、煮詰《につ》まっていた新菜の頭の中がさらに混乱を極めた。

「調査とは言っても、正式な依頼ではありません。彼は私の弟の友人なのですが、私の目で、直接あなたの本性を確認してほしいと頼んできました」

彼がＣＥＯを務める皆川データリサーチ（ＭＤＲ）は業界第三位の信用調査会社だ。皆川が大学卒業と同時に立ち上げ、その手腕によって十年で業界三位にまでのし上げた。今や多くの一部上場企業を顧客として抱えている優良企業である。

「二週間前、彼からあなたと別れたいと相談を受けたんです」

曰《いわ》く、桜田は新菜についてこう言ったそうだ。

『今の彼女が、とんでもない男たらしで浮気は日常茶飯事《さはんじ》、自分の他にも付き合っている男が何人もいて、金にもだらしなく、自分の家から何度も金をくすねている。いい加減別れたいが、どうしても別れてくれない――』

正式に調査を頼む前に、皆川に直接彼女を見てくれないかと頼んできたらしい。

「史郎くんがそんなことを……」

そういえば、会社でも飯塚が似たようなことを話してくれたのを思い出した。

当然ながら、新菜は男にだらしなくなどないし、彼のお金を盗むなんて考えたことすらない。あまりにもでたらめばかりで、呆れ返る。

「桜田が正式な依頼をしなかったのは、第一に、ちゃんとした調査をすると、あなたが潔白であるとバレてしまうからです」

「……皆川さんは、私を信じてくださるんですか？」

新菜は皆川の目をじっと見て尋ねた。

「あの日、私はいろいろな方法であなたの『本性』とやらを引き出そうとしました。わざと大金を落としたり、高級ブランド店に連れていったり、お金に無頓着だと装《よそお》ってみたり、プラチナカードで支払いをしたり、あなたを褒めて誘ったり――でも、あなたはどの釣り針にもかからなかった。それに何より、私にはあなたが桜田の言うようなだらしない女には見えなかったんです」

（私のことをほとんど知らないのに、信じてくれるの……？）

会社には何度説明しても信じてくれない人間もいるのに、目の前の彼は、見ず知らず同然の新菜を信じてくれると言う。その表情は、嘘をついているようには見えなかった。

「――私は一応、その道のプロです。人を見る目にはそこそこ自信がある。そんな私から見たあなたは、思慮深くて誠実で、少し頑固ですが……可愛らしい女性でした。だからどうしても納得できなくて、個人的にあなたを調査しました。結果はもちろん、予想していたとおりで。そこでようやく、あなたに抱いていたイメージがしっくりときたんです。そして私は同時に、桜田史郎についても調べました」

一旦話を切り、皆川は来たばかりの刺身に手をつけた。

「あぁ、このお刺身はいけますね。なかなか新鮮だ。小坂さんも食べられるようなら是非《ぜひ》」

「あー……はい。じゃあ少しいただきます」

新菜は一瞬躊躇《ためら》うも、マグロの刺身に箸《はし》を伸ばす。

「――あ……美味《おい》しい、です」

偽《いつわ》りない気持ちではあるが、少しぎこちなく告げると、皆川が箸《はし》を置く。

「それで、桜田史郎のことなんですが……あなたにとっては、少しばかりつらいご報告になってしまうかもしれない。それでも……お聞きになりますか？」

「つらいも何も、もう今さらです。あんな目に遭《あ》わされた以上につらいことなんてないです。……教えてください」

「そうですか。では、包み隠さずご報告します。桜田史郎は、真っ黒でした。あの男は根っからの、褒め称えたくなるほどの詐欺師《さぎし》体質ですね」

そう言って封筒をテーブルに置いた。

角形2号サイズのそれには、製本カバーとクリップでまとめられたA4サイズの書類が入っていた。表紙に『調査報告書』という文言と、社名が入っている。もちろん、皆川データリサーチの、だ。

促《うなが》されて中を見てみると、それは過去から現在までの桜田の素行が綿密に記載された調査結果だった。

それによると、桜田は学生時代からとにかく嘘の名人で、それで大学の単位すら取得していたらしい。

大学生の時はマルチ商法にはまり、舌先三寸で何人もの友人に借金をさせた過去を持っていたり、セフレと共謀して美人局《つつもたせ》のようなことすらしていたりしたというから驚きだ。

ここ数日の会社での出来事のように、彼は作り話をさも本当のことのように装《よそお》って巧《たく》みに人の同情を誘うのが本当に上手《うま》い。今回もそれに騙《だま》されている社員が多数いる。

(私なんて彼に騙《だま》された人たちの中で一番バカじゃない)

新菜は心の中で自嘲《じちょう》する。

彼を好きだった時につかれた嘘は、実害がほとんどない小さなものだったので、惚《ほ》れた欲目で「仕方ないなぁ」と笑って済ませていた。

けれど、今回のような洒落《しゃれ》にならない嘘に巻き込まれてしまうとさすがに笑えないし、そんな犯罪紛《まが》いなことに手を染めている男だと見抜けなかった自分は……本当に愚かだ。

皆川がそんな新菜を見てタイミングを計ったように、話を再開する。

「それと、あなたと付き合っている間に単発の浮気は、それこそ数え切れないほどしていますね。そして今回、会社であなたを窮地《きゅうち》に追い込んだ理由ですが……他の女性と婚約したからです」

「……え？」

「相手は篠山乃梨子、海堂エレクトロニクスで役員秘書をしている女性ですね」

「えぇっ、し、篠山さんと婚約⁉」

先日総務課の前でぶつかった彼女だ。あんな美人と二股をかけられていたのか。

(ある意味光栄……？　って、そんなわけあるか！)

思わず心の中で普段しないようなツッコミを入れてしまった。こんな漫画みたいな展開があるだろうか。

「あなたの会社ではほとんど知られていないようですが、篠山乃梨子は海堂ホールディングスの社長の姪《めい》なんです。社長の妹は東日本ロイヤルホテルのオーナーに嫁《とつ》いでいますので、正確にはそこの一人娘ということになります。結婚するなら婿養子《むこようし》になることが必須ですが、それさえ呑めば逆玉ですから。桜田もこの結婚は逃したくないでしょうね」

「そういうことかぁ……」

新菜はガックリと肩を落としたが、桜田の目的が分かり逆にスッキリもした。

「篠山乃梨子には『小坂新菜と付き合っていたのは本当だけど、君と知り合う前に別れていたんだ。でもずっとストーカーのようにつきまとってきて困っている』と話していたようです」

(今度はストーカーか……)

嫌な女の要素をこれでもかと自分に詰《つ》め込《こ》んでくる桜田の仕打ちに、新菜はうんざりして大きなため息をついた。

「――桜田が私に直接小坂さんに会ってくれないかと依頼をしたもう一つの理由は、私たちの密会写真です。二人が仲睦《なかむつ》まじそうにしている場面を撮影し、それをあなたと別れる材料にしたかった。……あなたも私も、桜田史郎にまんまと利用された、ということです」

皆川の声には隠しきれない憤《いきどお》りが滲《にじ》んでいる。それはそうだろう、人間を見るプロが素人《しろうと》に騙《だま》されたのだから。

桜田が振るうハンマーにプライドを粉々にされたも同然なはずだ。

そんな彼が受けた屈辱《くつじょく》に比べたら、自分のそれなんて些末《さまつ》なものでしかないけれど……

「桜田に別れを告げられた時、小坂さん、水をかけられましたよね」

「え、どうしてご存じなんですか……？　……って、調査していたんでしたっけ」

「ええ。あの日、あなたにタオルを渡した女性がいたでしょう？　彼女はうちの調査員です。あまりに酷《ひど》い仕打ちだったので、接触してしまったと言っていました。本当なら被調査者との接触は固く禁止しているのですが、私の個人的な調査でしたので、そこは例外、ということで」

「あぁ！　あの女性ですか！　とても助かりました。よろしくお伝えください」

おどけて肩をすくめた皆川に、新菜はぺこりと頭を下げた。

「話は戻りますが――水をかけた件、あれもおそらく桜田の打算が入っています。あそこでコーヒーをかけてしまえば、いくらなんでも女性に対して酷《ひど》すぎると自分への反発を招きかねない。だから水を選ぶことで、小坂さん自身への被害を軽く見せつつ、憤《いきどお》りを露《あら》わにして同情を買うという、ギリギリのラインを狙ったんです」

「史郎くんが、そんな計算までしていたというんですか……？」

「ええ。別れ話の一連の流れを動画にして会社で流布《るふ》させ、大げさに被害者を装《よそお》ってみせることで、周囲にこう言わせるんですよ――『あんな酷《ひど》い女、水じゃなくてコーヒーをかけてやればよかったのに』ってね。なんともまぁ、悪知恵に長《た》けてますね」

（かなり悪賢い人だったのね、史郎くん……）

分かりやすい嘘しかつけない男だと思い込んでいた。けれど、こんなに巧妙に被害者を装《よそお》うテクニックがあったとは意外すぎて、新菜はかえって感心する。

「それにしても皆川さん、すごいです」

桜田についてもだが皆川の見解にも、彼女は感心していた。

社内で通りすがりに「コーヒーかけられればよかったのに、クソビッチ」と、実際に罵《ののし》られていたからだ。

「それでも桜田に騙《だま》されてしまったのですから、私もまだまだです」

彼が分析したとおりになって驚きを隠せない新菜に、皆川が自嘲《じちょう》した。

「篠山乃梨子との婚約話も含めて、私の部下が桜田いきつけのキャバクラに潜入し、あの男を酔いつぶしてすべてを聞き出しました。その時の音声も残っています。もし報復措置を執《と》りたいのなら協力します。結果的にあなたの名誉を汚す手伝いをしてしまったお詫《わ》びをさせていただきたい。本当に申し訳ありませんでした」

頭を座卓につけんばかりに下げて謝罪をしてくる。

新菜は慌てて両手を突き出した。

「そんな！　皆川さんにはなんの責任もありませんから、頭を上げてください！　……それに、もういいんです。そんな人と結婚しなくて済んだと思えば、私はラッキーだったと思います」

自分に男を見る目がなかったことだけが、ただただ悔しいです――新菜は笑ってそう継いだけれど、その笑顔にほんの少し苦々しさが残る。

「では、とりあえずここまでの経緯で聞きたいことなどありませんか？　私が知っていることであれば、なんでもお答えします」

「あ……いくつかあります。……私の調査をした、とおっしゃってましたが、もしかして、後をつけてました？」

つけられている気配は感じたものの、危害を加えられなかったので、調査のために尾行されていたのではと、今この瞬間思い至った。

「……あなたに気づかれていたとは、私の部下もまだまだ修業が足りませんね。申し訳ありません、確かにあなたを数日尾行させていただきました。調査部の若手をつけていたのですが、不安にさせてすみませんでした」

皆川が苦笑して肩をすくめる。

「それから……初めてお会いした日、アルフレッド・ゴスの西崎さんもあなたのことを『中邑様』と呼んでましたけど、そうするように予め頼んでいたんですか？」

「あぁ、鋭いですね。……あのブランド店では、サロンに入った私の第一声が『お世話になります』だったら『中邑』、『こんにちは』なら『皆川』と呼んでもらうことになっているんです。仕事柄、ごくごくたまにですが偽名を使う場面があるので、馴染《なじ》みの店ではそういう契約を結んでいます」

言われてみれば、あの日、皆川は確かに第一声で「どうも、お世話になります」と言っていた。だから西崎は中邑と呼んでいたのだ。そんなカラクリがあったとは。

「あともう一つ……実は私の弟が内定をもらった会社というのが、その……皆川データリサーチで……」

　このことが今回の件に少しでも関連しているのか、また弟の就職に影響を及ぼすのか――それを聞きたくて、新菜は懇願《こんがん》するようなまなざしを向けた。

「実は小坂新一くんがあなたの弟さんだと私が知ったのは、あなたの調査をした時だったんです。ですから、彼の内定と今回の件は完全に偶然で、無関係です。彼は自分の力で選ばれていますし、私たちも彼にとって不利益になるようなことは一切しませんので、ご安心ください」

　それを聞いて新菜はとりあえずホッとした。

「……よかった」

「弟さん想いなんですね、小坂さん」

　皆川が優しい声音で言う。

　新菜は彼の顔を覗き込み、そして答えた。

「皆川さんこそ。皆川さん、桜田くんは弟さんのお友達って言ってましたよね」

「はい、そうです」

「……だから正式な依頼ではなくても、私の調査を受けてしまわれたんですよね」

「？　どういう意味でしょう？」

「大事な弟さんのお友達なら、って、無条件で信じて引き受けてしまったんじゃないかな、って。そうじゃなかったら正式な依頼経由でないと受けないんじゃないですか？　それにきっと弟さんが絡んでいなかったら、皆川さんは桜田くんが胡散臭《うさんくさ》いって見抜いていたんじゃないでしょうか」

「……」

新菜の指摘に、皆川の目が大きく開かれる。

「……そうですね。お恥ずかしい限りです。弟は本当に人が好《よ》くて、桜田みたいな男でも頼ってきたら助けてしまうような奴なんですよ。だから私も盲目的になっていたんでしょう。そんな先入観が、あなたを窮地《きゅうち》に追い込んでしまった。私の甘さが原因です」

「ご自分を責めないでください。悪いのは全面的に桜田くんなんですから。……今回のこと、いろいろつらかったですが、私を無実だと信用してくれる人がいることが分かっただけでもよかった……皆川さんも含めて、です」

自分が無実だと分かってくれる人が慶子たちの他にもいてくれたことでホッとし、そして桜田の人となりを知っていろいろと諦めの境地に至ったりもした。

そんな複雑な心境の新菜を、皆川は目を細めて見つめた後、柔らかく笑む。

「自分の目と勘を信じたまでです」

「ありがとうございます」と小さく告げ、彼女は大きくため息をついた。

「でも……ちょっと疲れちゃったので、会社を辞めて少し休もうかな……」

社会人になって四年目、お金もまぁまぁ貯まっているし、休みつつ就職活動するのもいいだろう。

ポロッとそうこぼすと、皆川が表情をぱぁっと明るくし、身を乗り出してきた。

「それなら、うちに来ませんか？」

「え？」

「実を言えば、この話が今日の本当のメインなんですが——あなたを、うちの会社に引き抜きたいのです」

「引き抜き……？」

何故《なぜ》自分にそんな依頼をするのか分からなくて、新菜は首を傾《かし》げる。

「正確に言えば、在宅秘書兼住み込みハウスキーパーとして、あなたを雇いたい」

「ハウスキーパー……ですか？」

「小坂さんは、簿記の他に秘書検定、調理師免許、野菜ソムリエ、家事代行アドバイザーや整理収納アドバイザーの資格を持ってらっしゃいますね。あと英検と漢検の準一級、ＴＯＥＩＣのハイスコアも」

「そ、そんなことまで調べられるんですね……」

皆川が挙げた資格は、確かに新菜が持っているものだ。

よく調べ上げたものだと、またしても感心する。

「ですから、あなたは私が今一番求めている人材なんですよ。私は経営者として会社を回すことには長《た》けているつもりですが、その分、家の中に関してはまったく疎《うと》くて手が回らない状態です。部屋の掃除もままならない。これまでは定期的に業者に入っていただいていたのですが、いっそのこと専任の方を雇いたいと思っていたところに、あなたのことを知ったというわけです」

新菜は小さな頃から両親に「いつ私たちが死ぬかも分からない、どんなことが起こるか分からないのだから、自分一人で生きていけるよう、取れる資格はどんどん取りなさい。仕事に直接関係なくても、いつかは役に立つかもしれないから」と言われて育ってきたため、資格試験を手当たり次第に受けていたのだ。

とはいえ、資格は持っているものの、秘書業務の経験なんて皆無《かいむ》。いきなり社長秘書に据《す》えられたところで、すぐに仕事ができるはずなどない。

「わ、私に社長秘書なんて無理です！」

「あぁ、実際には第一秘書の男性がいますので、安心してください。今まで彼のサポートをしてくれていた第二秘書が出産のために産休に入るんです。それで代わりの人材を探していたのですが、なかなかいい方に巡り会えずにいたんですよ。仕事内容としては、私の家の家事全般の合間にスケジュール調整やメールチェックをしていただければ、と。ＰＣを社内のハブシステムにつなげば自宅からでも情報共有は簡単にできます」

確かに新菜は家事全般を得意としている。それに彼が列挙した資格もすべて持っている。けれど、実際に仕事としてそれをすぐさまこなせるかと聞かれたら、自信はない。

「それに、家事と秘書業務で収入も今より倍は出すと保証します」

「でも……住み込み、なんですよね……」

いくら有名企業のＣＥＯとはいえ、人となりをほとんど知らない男の家に住み込むのは躊躇《ちゅうちょ》してしまう。

皆川は新菜の不安を分かっているのか、それを解消する手立てを提案してきた。

「では伺います。住み込みはともかくとして、うちに転職する、ということに関してはどうですか？」

「それは……前向きに考えたいと」

転職活動をほとんどせずに次の職場が決まるのは助かるし、決まっていれば退職もしやすい。

「ではこうしませんか？　あなたが今の職場を退職するまでの間、私にプレゼンテーションのチャンスをください」

「プレゼンテーション？」

「つまり、私があなたの住み込み先の人間としてふさわしいか、あなた自身の目で確かめてほしい。今度は私があなたに調査される番、ということです。それでも住み込みが嫌だということであれば、残念ですが通いでもかまいません」

「はぁ……」

なんだか自分でも信じられないくらい好条件の話が舞い込んできた。本当はドッキリか何かなのでは？　と、いまいち信じ切れない。

そんな新菜の表情を読んだのか、皆川がフッと笑った。

「では、明日の土曜日、お時間がありましたら会社見学にいらっしゃいませんか？　基本的に土曜日はお休みではありますが、勤務条件などを説明しながら社内をご案内します」

「いいんですか？」

「もちろん。入社を検討している会社を知るのは大切なことです。休日ですので受付には人がいません。でも私がお迎えにあがります、ご安心ください」

「え……いいのでしょうか、皆川さん自らそういうことをしていただいて」

「やだなぁ、小坂さん。私の秘書を選ぶのに私が応対しないでどうするんですか」

皆川が面白そうに相好《そうごう》を崩した。

(あ……この人、こんなふうに笑うんだ)

美しく笑む表情しか見たことがなかったため、このように楽しそうな笑顔も見せるのかと意外に思える。

それからは少しだけお酒を飲み、談笑をした。「これもプレゼンテーションの一環ですね」と、皆川が自己紹介を兼ねた話を聞かせてくれる。

お互いの家族の話もした。

皆川の父親はすでに他界しており、ほぼ母子家庭で育ってきたそうだ。母親は五年前に再婚し、アメリカで生活しているらしい。だから皆川が最初に名乗った『中邑』は、本当は父方の名字なんだと彼が話してくれた。父の死後、母方の『皆川』に戻ったのだが、家族の事情をイチから説明すると話の本筋から逸《そ》れてしまうので、先ほどは『母の旧姓』のひとことで済ませたそうだ。

弟の大地《だいち》は新菜と同い年の今年二十六歳で、皆川とは七歳離れている。兄としてはやはり弟にはMDRに入社してほしかったそうだが、今は都内の繊維《せんい》化学メーカーに勤めているとか。

桜田と弟は大学の頃に知り合ったとのこと。

そうして小一時間経った頃、二人は店を出た。

新菜は知らなかったのだか、MDRの本社は新菜の会社のすぐ近くにあるらしい。そして皆川の住まいもまた桜浜駅近辺だそうだ。

会社の場所や受付までの行き方を教わりながら駅に向かう。

「明日、十時に受付前でお待ちしてます」

「ありがとうございました。明日はよろしくお願いします」

二人はそう結び、改札口で別れたのだった。

＊＊＊

「わぁ……こんな大きな自社ビル持ってるんだぁ……」

十五階建てのビルを下から見上げ、新菜はあんぐりと口を開いた。

この建物は竣成《しゅんせい》してまだ二年も経っていない、皆川データリサーチ株式会社の自社ビルだと、昨日皆川が言っていた。ビルの上のほうにはＭＤＲと書かれたロゴが掲《かか》げられている。

海堂エレクトロニクス桜浜事業所も十八階建てのグループ自社ビルだ。

それとさほど変わらない高さのビルを見上げ、起業から十年程度で桜浜の駅近にこんなビルを建てられるなんて、皆川航洋はよほどやり手に違いないと新菜は感心しきりだった。

しかも十五階の内、五階は賃貸オフィスとして活用されており、数社が入居しているそうだ。

昨夜帰宅した後、新菜はネットでＭＤＲのことを調べてみた。

ビジネス誌のオンライン記事で、皆川のインタビューが組まれているのを読む。業種が業種なので顔の全出しはNGだったらしく、顔の下半分だけの写真が掲載されていた。それでも分かる人には分かる写り方だ。

弟の新一にも尋ねてみたところ、『最終面接でCEOに会ったけど、めちゃくちゃイケメンでビッたわ。それに見るからにやり手っぽい面構《つらがま》えだった』と言っていた。

「えっと……確か、受付は一階でいいんだよね」

幹線道路に面した自動ドアの前に立つと、それはヴーンと機械音を立てて開き、新菜の目の前にロビーが現れた。

土曜日なので人はおらず、そこはただひたすら静かだ。ところどころにスツールが置いてあり、その奥に『皆川データリサーチ・受付』と書かれたブースがある。その中にも人はいなかったのだが、ただ一人、受付脇に立っている人物がいた。

「おはようございます、小坂さん」

皆川が少しラフなスタイルで会釈《えしゃく》をしてきた。

「おはようございます、皆川さん。お待たせしてすみません」

「いえ、まだ時間前ですので大丈夫です。……その服、着てくれているんですね」

嬉しそうに目を細める。

昨日、彼が今日の見学に際し「スーツなど着てこなくていいですからね。人もほとんどいませんし、私も私服で行きますから」と言ってくれたので、その言葉に甘えて新菜は彼が買ってくれた服とアクセサリーを身につけてきたのだ。

「はい！　せっかくなので、着させていただきました」

「やっぱりとても似合いますね。……では早速まいりましょうか。っと、その前にこれを首から下げておいてください」

そう言って手渡されたのは『VISITOR』と書かれたカードが入ったカードケースだった。ブルーのストラップがついている。

新菜は言われた通り、それを首から下げた。

皆川も同じようなものを下げているが、ストラップは赤だ。従業員と外部の人間とで色分けがなされているのだろう。

彼のケースには従業員のＩＤカードが入っている。チラリと見ると、印刷された写真の横に、会社名と氏名、そして肩書きが書かれていた――もちろん『代表取締役社長兼ＣＥＯ』だ。

皆川に案内され、新菜は早速社内に足を踏み入れた。

彼がＩＤをカードリーダーに掲《かか》げると、当然ながらピッと音を立ててドアが解錠される。廊下をしばらく行ったところに従業員用のエレベータがあり、それに乗って上へ移動した。

エレベータを降りてホールからオフィスに入る。部署ごとの部屋などは存在せず、フロアの見通しが利くようになっていた。ただし、個人と個人の間には、しっかりとパーティションが存在している。

「各部署間のスペースは基本的に風通しをよくしています。その代わり、業務の性質上、ＰＣのセキュリティや各会議室の防音などは強固なものにしてあります」

調査会社なので、扱うのは機密情報が主だからだろう。

皆川がフロア全体を指し示しながら説明してくれる。

新菜はキョロキョロとあちこち見回し、海堂エレクトロニクスとはまったく違うな、と思った。

どちらがいい、というわけではないが、海堂が昔ながらのオフィス然としたかっちりした王道な雰囲気を持っている構造なのに対し、ここはトップが若いだけあって、机の並びからカラーリングまでが独特だ。

とは言ってもやたらめったら派手なわけではなく、全体のカラーは控《ひか》え目でも、ところどころに差し色が使われていて飽きを感じさせない。

オフィスのそこここに従業員が休憩するスペースがあり、おそらく簡単な打ち合わせができるようにもなっている。

置き菓子サービスやカプセル式コーヒーメーカーなどもあった。これらは基本的に会社負担なんだそうだ。

最近では、朝食も格安で食べられるようにしたんだとか。それによって社員が朝早く出社して定時で帰るようになったらしい。

「うちの会社は大まかに分けると調査部門とシステム部門と広報部門、それから総務部門から成り立っています。秘書課は総務部門所属になります。小坂さんの弟さんはシステム部門に配属の予定です。従業員は現在、全国で契約調査員も含めて六百人ほどいます。この本社にはその内の約半分、の三三〇人が在籍しています。その中で調査員は二百人ほどでしょうか」

「調査員はそんなにいるんですね」

「一つの案件で何人も動きますから。……実際、あなたや桜田の調査には調査員だけで四人投入しています」

「そ、そんなに……？」

新菜は目を丸くする。自分や桜田の取るに足らないような調査でさえ、そんなに人員を割《さ》くのだと驚きを隠せない。

「企業調査ですと十人単位でプロジェクトを組むこともあります。同じ調査員でも、それぞれの得意分野がありますから。企業調査と言ってもB to BとB to Cでは担当部署が違いますし、個人調査に関しても、婚前調査と中途採用者に対する産業スパイ防止のための身元調査などで、それぞれ担当が違います。あなたと桜田の調査に関しては、主に婚前調査専門のスタッフにお願いしました」

「なるほど……」

ざっとフロアを見学した後は、食堂や更衣室など各設備についての説明を受け、そしていよいよCEO室に案内された。

「わぁ……すごいですね」

十四階にあるCEO室は、パーティションが全面ガラス張りで可視化されている。真ん中だけはすりガラスになっているが、それでもだいぶ見晴らしがよい。爽《さわ》やかなアイボリーのデスクの他には、北欧製のおしゃれなテーブルセットなどが配置されている。

そのテーブルに沿うように置かれた椅子の一つをすすめられ、新菜は腰を下ろした。

「ここで会議をすることもあります。個人の机は割り当ててありますが、基本的に社内のどこででも仕事ができるようにしてあるんです。もちろん、更衣室やシャワー室、トイレなどプライベートスペース以外ですけどね」

「シャワーまであるんですか？」

「うちは自転車やランニングで通勤する社員がとても多いのと、尾行など身体を酷使することがしばしばあるので、汗を流せるようにしてあるんです」

その他にも、やむを得ず会社に泊まり込みになる社員のための仮眠室、昼休みなどに身体を動かせるフィットネススペースも設置されているそうだ。

「至れり尽くせりですねー」

「何万人もいる大企業ではない分、そういうところはフットワークが軽いんですよ」

そう言って笑った彼は、その後は皆川データリサーチの歴史を説明してくれた。

一通り話を聞き終えたところで、ＣＥＯ室のドアがノックされる。

「どうぞ」

皆川が返事をすると、ドアが開き三人の人物が入ってきた。

「失礼します」

「あぁ、ちょうどいいタイミングだ。……小坂さん、紹介しておきますね。左から秘書室長の根岸《ねぎし》幸広《ゆきひろ》、調査部の渡辺八重子《わたなべやえこ》、それからシステム部の美作修治《みまさかしゅうじ》です。もし小坂さんが入社されたら、この三人と仕事をする機会が多いと思いますので一応来てもらいました」

眼鏡をかけた理知的なイケメンが根岸、同じく眼鏡をかけ髪を後ろにまとめている真面目そうな女性が渡辺、三白眼《さんぱくがん》で一見無口そうな男性が美作だ。彼らはそれぞれの部署の責任者をしているという。

新菜は三人を見渡した後、頭を下げた。

「小坂新菜と申します。お休みの日にご足労いただき、ありがとうございます」

「秘書室長の根岸です。こちらこそ、うちのＣＥＯが無理を言ったのではないですか？　入社していただければ私としても助かりますが、もし辞退されたいなら遠慮なくお申し出くださいね」

根岸がやれやれといった様子で言いながら、新菜に名刺を渡す。

「あ……はい、お気遣いありがとうございます」

渡辺と美作からも名刺をもらい、新菜は挨拶《あいさつ》を終えた。

それからは根岸から業務内容の説明を聞く。

実は、彼は皆川の大学時代の後輩なんだそうだ。皆川が起業する時に、一学年下の根岸を誘ってくれたという。説明の合間に、裏話として教えてくれた。

皆川と根岸は、質問を投げると都度丁寧に答えてくれ、最後にも質疑応答の時間を取ってくれる。

「あの、皆川さ……皆川ＣＥＯは私を在宅秘書に、とおっしゃっていましたが、こちらに出勤することはあるのでしょうか？」

「まず、私のことは『皆川さん』のままでいいですよ。うちは基本的にすべての従業員を肩書きをつけないで呼んでいます。そして出勤のことですが、入社日から二日間は研修という名目で仕事の引き継ぎをしたり、就業規則や福利厚生などの詳しい説明をさせてもらったり、会社の雰囲気に慣れていただきます。それからは月曜日の午前中に、根岸と私と小坂さんの三人でその週の基本的なスケジュールの擦《す》り合《あ》わせをするので、その時だけは出勤をお願いしたいです。それ以外は在宅でかまいません」

それからさらに何点か質問をして、皆川以外の三人が退室した後――

「今ここでは決められないでしょうし、来週の金曜日までにお返事をいただくということで、どうでしょうか？」

「いいえ、今お返事させていただきます。……私でよければ、是非《ぜひ》こちらの会社で働かせてください」

「いいのですか？」

「はい、決めました」

新菜は満面の笑みで大きくうなずいた。

桜田と同じ職場でモヤモヤを抱えながら仕事をするよりも、すっぱりと環境を変えたほうが精神衛生上もいいに違いない。

それに、皆川も根岸も仕事にとても真摯《しんし》な姿勢でいるのがこの短い時間で分かった。

今の会社を辞めると伝えれば慶子と紗良は何か言ってくると思うが、会社を変わっても彼女たちとは同じ駅を使うことになるのだし、付き合いは途切れないだろう。

それにここまで話を聞いてきて、転職の申し出を断る理由も見当たらなかった。

「そうですか、ありがとうございます。後は、住み込みとして来ていただけるよう、私が努力すればいいのですね。頑張りますので、どうぞよろしくお願いします」

皆川が安堵《あんど》の笑みで言う。

「こちらこそ、至らないことも多いかと思いますが、どうぞよろしくお願いいたします」

新菜は深々と頭を下げた。

「ところで小坂さん、この後お時間があればお昼ご飯でも一緒にどうですか？　お気を悪くされたら申し訳ないのですが、今日でしたらお誘いしても大丈夫ではないかな、と思いまして」

先日は「彼氏がいる」を理由に断ったが、今はフリーであると知られているので、こういう誘い方をしたのだろう。

彼は眉尻を下げて申し訳なさげに言った。

「あー……はい、今日は大丈夫です。おともさせてください」

新菜も少々気まずくなって眉を下げる。

そして二人は一緒に社屋を後にし、食事処を目指して駅に向かったのだった。

4

三十二年以上生きてきて、一目惚《ひとめぼ》れなんて創作の世界の中だけでしか起こらない出来事だと思っていた――あの瞬間までは。

彼女の写真が表示されたスマートフォンを目の前に差し出された時、全身に痺《しび》れが走ったのを、皆川航洋はよく覚えている。

小さな顔の中に並んだ丸い目と小ぶりな鼻、柔らかい笑みを湛《たた》える口元、全体的に幼い印象だ。愛くるしい笑顔に、少しクセのある焦《こ》げ茶色のボブヘア。細身の身体にまとっているのは、フェミニンで女性らしい服。

何もかもが、好みのど真ん中だ。

もちろん、仕事中にそれを顔に出したりはしない。

「この女を調べてほしくて――」

社屋にいくつかある応接室のソファの上、桜田史郎は深刻そうな表情で、テーブルに置かれたスマートフォンを指差した。

「この方がどうされたんですか？」

「実は……俺の彼女、なんですけど……ロクな女じゃなくて」

「ロクな女ではない……とは、どういうことでしょうか？」

眉がヒクリと反応するが、表情は涼しいままを保つ。

桜田は沈痛《ちんつう》な面持《おもも》ちを装《よそお》ってはいるものの、舌の動きはそれはそれは滑《なめ》らかだ。ためらいの『た』の字も見せずに、彼女の所業とやらを並べ立てた。

桜田曰《いわ》く、この女性——小坂新菜は、彼から散々金品を搾取《さくしゅ》した上に、浮気三昧《ざんまい》の悪女なんだとか。

（……どちらかと言うと、君のほうがそういうことをしそうなんだよな）

少々失礼な見解だが、自分の勘はおそらく間違っていないだろうと、皆川はわずかに目を細める。

『兄さん、大学時代の友達が女性関係で困ってるみたいなんだ。力になってやってほしい』

可愛い弟の大地からそう頼まれれば、聞かないわけにはいかなかった。

この桜田は、大地の兄が調査会社の社長をしていると聞きつけ、縋《すが》ってきたそうだ。卒業から数年、ただの一度も連絡が来たことはなかったらしいのに。

いざ皆川の目の前に現れた桜田は、一見爽《さわ》やかなイケメンだが、目の奥に油断ならない狡猾《こうかつ》な光を宿している。

だからだろうか。彼の言うことを無防備に信用できずにいた。

「だからあの……まずは、皆川さんの目で、新菜を見てもらいたくて」

「どういうことですか？」

桜田の言っていることがいまいち分からず、皆川は訝《いぶか》しげに問う。

「とにかく、正式な依頼の前に、直《じか》に新菜を見てもらいたんです。あいつがどれだけ酷《ひど》い女なのかを……！」

「……」

どう考えても怪しいのは明々白々だ。

調査をしたいのならそのまま正式に依頼すれば済む話。調査費を浮かせるのが目的にしては言い分が変で、違う気がする。

このままおかしい部分を突っ込んで、依頼を拒否するのは簡単だ。けれど、皆川は個人的に興味がある。

桜田の本当の思惑《おもわく》はなんなのか。そして、このストライクゾーンど真ん中の女性が、本当に桜田の言うような悪女なのか。

皆川はお手本のような美しい笑みを桜田に向けた。

「――分かりました。まずは私が直接この女性に接触してみます。なるべく彼女の醜《みにく》い部分を引き出すような形でね。もちろん、あなたから頼まれたということも、私の正体も伏せた上で、です」

よい返事を聞くや否や、桜田の表情が一転した。

「ありがとうございます！　よろしくお願いします！」

先ほど見せていた暗い顔はどこへやら、やけにすっきりとした満足げな笑顔で、しかも足取り軽く去っていった。

「――皆川さん、どうしてそんな依頼とも言えないことを引き受けたんです？　普通に考えても怪しいでしょう、あの男」

秘書室長の根岸が、桜田の残した資料を整理しながら尋ねた。

「個人的に興味がある」

「あー分かった。この女性でしょ。えっと……小坂新菜さん、ですか。皆川さんの好みのタイプですものね、この人」

根岸の隣で皆川と桜田のやりとりを聞いていた、調査部の渡辺がニヤニヤと笑いながら写真を指差す。

「……桜田史郎に、興味があるんだ」

「はいはい、そうでしょうとも。……で、どうするんです？」

「渡辺さん、小坂新菜に一人、桜田史郎に二人つけてください。桜田には鴻島《こうじま》さんにもついてもらいます」

「桜田に三人、ですか？　逆じゃなくて？」

渡辺が首を傾《かし》げている。調査対象者より依頼者に人数を多く割《さ》くなんて、おかしいと思っているのだろう。

「桜田のほうが調べ甲斐《がい》がありそうなんでね。あの男に関しては徹底的に調べてください。特に、人間関係とここ最近の動向、それから過去を。……これは私の勘だけど、あいつは過去に何かをやらかしていると思う」

口元に手を当てて思案しながら皆川が指示を出す。

「了解です。皆川さんの勘は当たるからなぁ～。多分、ザクザク出てくるでしょうね。で、皆川さんは接触するんですか？　その、小坂さんに」

「一応、確かめてみないといけないからな。桜田曰《いわ》く、悪女だそうだから」

皆川はそこでフッと笑った。

＊＊＊

それから一週間後。小坂新菜を初めて間近で見た時、皆川は画像よりも数倍可愛いと思った。身長はおそらく百六十センチないだろう。全体的にふわふわした印象で、綿菓子みたいに優しい甘さの笑みを見せてくれる女性だ。

けれど柔らかいイメージの中にも、凜《りん》としたものを感じさせる。

わざと大金を落とすと、それを迷わず手渡してくれた。その時の彼女のホッとしたような顔に、こちらまで癒《い》やされる。

コーヒーをこぼした服を高級ブランドで弁償すると申し出た時の恐縮しきった表情は、お芝居には見えなかった。

カフェでコーヒーを飲んだ時も、所作がとても美しい。

それから何度も誘ってはみたのに、付き合っている人がいるからと、きっぱり断られた。

——浮気し放題、男を何人もたらし込むだらしがない女。

――人の金を盗むほど、金にがめつい。

――食事のマナーが悪い。

桜田史郎が訴えてきた新菜の人物像と、自分の見ている彼女が不協和音を起こしている。

今目の前にいる小坂新菜は、きわめて真面目で思慮深く、それほど男性慣れしていない――見た目のイメージと寸分違《たが》わない女性だ。

(可愛い……)

新菜の『悪女』振りを検分しなければならないというのに、甘い感情に引っ張られるなんて。皆川航洋ともあろうものが、らしくない。

身体をぶるりと震わせて心中の軌道修正をすると、皆川は終始つとめて新菜に対し紳士的に振舞った。

結局食事の誘いも断られ、去っていく彼女の後ろ姿を名残惜《なごりお》しげに見つめて数分の後――二人をフォローしていた調査員が近づいてきた。

「――皆川さん、気づいてましたか?」

「もちろん」

耳元で尋ねられ、皆川は即答する。

ショッピングモールで新菜に接触を開始してから別れるまで、彼らを尾行している人物がいることには、ちゃんと気づいていた。

MDRの調査員ではない。

素人《しろうと》の女で、尾行とも言えないほどの拙《つたな》い追跡だ。

女は皆川と新菜の写真を事《こと》あるごとに撮影していた。隠す気はないのかと問いたくなるほど隠し撮りが下手だったので、イライラしたし鬱陶《うっとう》しかったが我慢し、あえて黙って撮られたままでいたのだ。

そのお陰で、収穫があった。

「――桜田の目的が大体分かった」

皆川は口角をきゅっと上げた。


自分が予想していたとおりだと判明したのは、それから一週間が過ぎた土曜日だった。

桜田が新菜に別れを突きつけたのだ。

しかも公衆の面前で、怒鳴りながら水をかけるというえげつないことまでして。

あまりの酷《ひど》さに、皆川が調査員として派遣していた渡辺が、新菜にタオルを手渡したそうだ。

桜田が新菜を悪者にして別れるために材料として使ったのが、皆川と彼女の写真だった。

二人が仲睦《なかむつ》まじく見えるような写真を使い、彼女の浮気をでっち上げて桜田は決別の宣告をしたのだ。

「やっぱりそうか……」

尾行されて写真を撮られたと分かった時から、きっとこういう使われ方をするのだろうと薄々勘づいてはいた。

しかし桜田が水をかけて彼女を辱《はずかし》めるところまでは、予想できなかった。おまけに皆川と新菜の写真を撮った女が、その様子を動画撮影していたようだ。それを噂《うわさ》とともに桜田たちが勤める社内に流布《るふ》させたらしい。

（思っていた以上に、あくどいことをする男だ）

これまでの二週間で、新菜と桜田の調査資料はそろっていた。二人とも正反対な意味で順調に調査が進んだのだ。

「小坂新菜さんですが……真っ白！　後ろ暗いところはまったくありませんでした。実家近辺の評判もいいですし、大学時代の友人にも彼女に悪感情を持つ人物はほとんど見受けられませんでした。いいい、ほとんどというのは、まぁほら、可愛くて性格のいい子を妬《ねた》む輩《やから》はどこにでもいる、ということです。取るに足らない批判ですね。もう、いい意味で調べ甲斐《がい》のない女性でした」

渡辺がニコニコしながら報告する。

「なるほど……」

大体想像していたとおりの結果に満足して、皆川はうなずいた。

「ただ、二つだけ。お伝えしておくことが――」

「なんですか？」

「彼女、実にいろいろな資格を持っているようです。もはや資格魔、と呼んでも差し支えないレベルですね。聞き込みで分かっただけでも、十数種類は持っているようです。特に料理・家事系の資格が目立ちます。夜学に通って調理師免許を取っていますし、変わり種では『薬膳アドバイザー』

なんてのも」

渡辺は入手したデータをスラスラと読み上げている。そんなことまで分かったのか、と感心する事柄もだ。

彼女は調査員として非常に優秀だ。

普段は地味なＯＬを装《よそお》っているが、聞き込みをする相手によって、態度や見た目を変えていく。まるでカメレオンのようだと、皆川はいつも思っている。

元々劇団で女優をやっていたので、演技はお手のものだし、普段の姿からは想像もつかないほどメンタルが強い。きつい調査員の仕事を男顔負けにやってのけている。調査部のトップは伊達《だて》ではない。

その腕を買って、皆川は彼女に相応の年収を保証していた。

「確か今の仕事は経理でしたね」

「そうですね、簿記二級も持っていますし」

「食とはまったく関係のない仕事なんだな。仕事と趣味は切り離して考えるタイプなのか……」

報告を聞く限り、小坂新菜は料理が好きなように思える。そのための資格もたくさん持っているし、自宅での食事はもっぱら自炊らしい。

それなのにまったく違う業種に勤めているのが不思議で、皆川は首をひねった。

「それからもう一つ……彼女には大学生の弟がいるんですが……なんと、うちの会社に内定しています」

渡辺がデスクの上に履歴書をスッと置いた。皆川はそれを手に取る。

「あぁ……彼か、よく覚えてるよ。面接で緊張しない学生は初めて見たから」

新菜の弟の新一は、物怖《ものお》じせず好奇心を隠さない朗《ほが》らかな青年だった。そのくせ、油断できない観察眼を持っていた。

皆川が面接で志望動機を尋ねると――

『御社の開発部門は調査部門に比べ、まだ規模は小さいです。でも今後、御社は調査業オンリーではなくＩＴ企業と二本柱で事業を拡大されていかれるのではないかと私は予想しておりまして、そこにとても大きな将来性を感じました』

曇《くも》りのない笑顔でそう答えたのだ。

ＭＤＲは収集した情報を一元管理するシステムを、アウトソーシングではなく自社で構築している。扱っているものが機密事項なので、セキュリティの面からもそれが安全だからだ。

また、調査に使う各種ツールの開発も行っていて、ＩＴ企業としての側面も併せ持つ会社である。実際、皆川を初めとする上層部は、その技術をさらに成熟させ、ＭＤＲをいずれＩＴ企業としても成長させていくつもりでいた。そのための投資も準備も着々と進めてきている。

小坂新一は、採用説明会と社内見学、そしておそらく自分でＭＤＲの決算状況なども調べたのだろう。その情報のみで今後の展望を見通す鋭さと、自分の予想を経営陣にダイレクトに伝えられる大胆さが気に入り、皆川は即採用を決めた。

「小坂さんについてはまぁこれくらいです。むしろここからが重要です。桜田史郎ですが！　真っ黒！　まっくろくろすけです！」

渡辺が目を剥《む》いて身を乗り出した。

「学生時代には犯罪まがいのことを山ほどやらかしてて、逮捕されていないのが不思議なくらい。どうやら好青年を装《よそお》って周囲の誰かに責任転嫁をするのが、悪魔的に上手《うま》いようです。……どうして小坂さんはこんな男と付き合ったんですかねぇ」

（……やっぱり）

これもまた、皆川の予想のとおりだった。

「あと、ガーボロジーの結果ですが、こちらもかなりの収穫がありました。……もう、ゴミ漁《あさ》ったのなんて、何年ぶりだろう」

うんざりした様子で渡辺がため息をつく。

「ああいうタイプはゴミに情報が詰《つ》まっているから、やらない手はないんです」

「まぁ、生ゴミがほとんどないだけマシでしたけども。あの人、料理は一切しないみたいです。コンビニ弁当の空《あ》き容器でいっぱいでした」

ガーボロジーとは、ゴミ調査のことだ。調査対象者が出したゴミをこっそりと回収し、中身を精査する。

インターネットやスマートフォンの普及で、昔よりも紙ベースの個人情報が廃棄されることは少なくなったとはいえ、調査対象者の情報の宝庫であることに代わりはない。

ゴミを漁《あさ》るなんて品がないものの、アメリカではＦＢＩにも正式に導入されている、れっきとした諜報《ちょうほう》手段だ。

大がかりなものになると、ゴミの収集業者自体を買収して行われるという。

「ブランドもののタグが結構捨てられてました。しかも、一緒に捨てられていた男性ファッション誌に特集されたブランド品を、まんま買ってたみたいです」

渡辺が聞き込みとガーボロジーの結果をまとめた調査報告書を差し出すと、皆川はそれをざっと読む。

「——なまじ見た目に恵まれているせいか、女性には不自由しないものの、必要以上に自分を大きく見せたがる見栄っ張り。金遣いは荒く、ずぼらでだらしがない。部屋は常に散らかっていて、家事はまったくしない。基本的にはケチだが、女性を口説《くど》き落とすための経費は惜しまない。ちぐはぐでも分かりやすいブランドもので固めているのは、女性に対するアピールのため……か」

ブランドものを好むこと自体は、悪いことではない。むしろよいものに金をかけるというのは、心と財布にゆとりのある証拠であると言える。

また、普段は地味に生活している人間がここぞという時に高級ブランドを身につけることもあるが、それは相手に舐《な》められないための鎧《よろい》としての役割を果たすだろう。

だが、桜田は総務課で内勤だ。おまけにブランドに対して自分なりのこだわりがあるわけでもなく、仕事の戦略として利用するでもない。ただ分かりやすく周囲にアピールしたいためだと思われる。

そんな男が見栄を張るのは、八割方社内の女が絡んでいるに違いない。

おまけにクレジットカード会社から届いた、口座残高不足による引き落とし不可の通知が捨てられていた。そのことからも、金遣いの荒さが垣間見《かいまみ》える。

「近所に聞き込みしたことをまとめるとですね……桜田は、土曜日に小坂さんに部屋の掃除をさせて、その翌日に別の女性を連れ込む、というのがお決まりだったみたいです」

近隣住民によると、部屋を掃除している音が聞こえた次の日は、必ず女性の喘《あえ》ぎ声が聞こえてきたらしい。あまりに頻繁《ひんぱん》であからさまなのでこっそり観察したところ、掃除をしている女性と翌日連れ込む女性は別人だったそうだ。

「そうか……」

「気の毒ですが、桜田にとって小坂さんは『都合のいい女』だったんですね。逆玉の婚約者が見つかったら、そりゃあもう用済み、ってことですよ。可哀想です、小坂さんが」

渡辺が憤《いきどお》りを隠しもしないで、鼻息荒く吐き出した。

一方、皆川はあくまでも冷静だ。

「この調査結果、どんな些細《ささい》なこともすべて盛り込んで、いつでも外に出せる体裁にしておいてください」

「おぉ〜、皆川さん、目が燃えてます！　これはお気に入りの女性の仇討《かたきう》ちのためですかね⁉」

渡辺がニヤニヤしながら皆川の顔を覗き込む。

「君は余計な詮索をしないで、引き続き小坂新菜についてください」

「はーい」

（あの男は今頃、俺を利用して小坂新菜を悪者に仕立て上げ、してやったり、な顔をしているだろうな）

利用している気になって、その実、利用されていることには露《つゆ》ほども気づいていない。

「……せいぜい、今の内に自分のやり口に酔っておくといい」

皆川は冷えた口調で吐き出すと、デスクに残された、小坂新菜の調査報告書を手に取った。

中には彼女の行動記録やパーソナルデータが記載されている。

「――大学時代はハンバーガーショップでバイトをしていた……」

あの笑顔で接客されれば、ついつい要《い》らないものまで買ってしまいそうだと皆川は口元を緩める。

調査員がこの二週間以内に撮影した新菜の写真を見て、柄《がら》にもなく心が甘くざわめいてしまう。

同僚と談笑している姿、残業後の電車で本を読んでいる姿、スーパーマーケットで食材を吟味《ぎんみ》している姿――どれもとても愛らしい。

（こんなに可愛い子を捨てるなんて、あの男、何を考えているんだ）

いや、ここはありがとうと言うべきか――皆川は口の中でぶつぶつと呟《つぶや》いた。

その後、皆川は新菜に直接会いに行き、騙《だま》したことを謝罪した。

彼女は驚いていたが、皆川に怒りを感じてはいないようだ。むしろ、彼も桜田に騙《だま》されたのだろうと同情してくれて。

本当はわざと騙《だま》されたふりをしていたなどと、訂正はしない。そのままにしておいたほうが、同情と仲間意識を抱いてくれるだろうから。

ましてや、桜田の依頼を利用して新菜に近づいたのが個人的興味からだなんて、絶対に秘密だ。『素人《しろうと》に騙《だま》されてしまった気の毒なプロ』である自分を親身になって心配してくれる新菜は心が震えるほど可愛いと、皆川は改めて思ったのだった。

5

「えぇっ、新菜辞めちゃうの⁉」

「しっ、あまり大きな声で言わないで」

紗良がこれ以上ないくらいに目を大きく見開いて叫ぶのを、新菜は必死で止めた。

いくらざわめいているからとはいえ、ここは会社近くのレストランだ。しかもお昼時、同じ職場の人間がいないとも限らない。

「辞めてどうするの？　転職活動してるの？」

「実はもう転職先、決まってるの」

慶子の問いに、小声で答える。

会社見学をした翌週の金曜日、新菜は無事に皆川データリサーチとの雇用契約を結んだ。皆川との住み込み契約はまだ終えていない。そちらには一ヵ月の猶予《ゆうよ》をもらっている。

上司にはすでに退職の意向を伝えてあるが、他の社員に話すのはこの二人が初めてだ。

「そうなの？　どこどこ？」

「皆川データリサーチの本社」

「え、すごいじゃない。優良企業〜。しかも本社あるのここでしょ。近い近い〜」

「あそこって離職率も比較的低いから求人そんなに出ないって話だけど、よく入れたわね」

「あははは、運がよかったの」

紗良と慶子はそれぞれ感心して言ってきたが、本当のことなど打ち明けられない新菜は苦笑いするしかない。

「で？　辞める前にアイツボコる？」

紗良が握りこぶしを前に突き出してきた。

「ちょっと紗良ったら、そればかり」

「もういいから。私もうふっきれたし、正直どうでもいいよ、あの人のことは」

新菜は慶子と一緒になって紗良の頭を宥《なだ》めるように撫《な》でる。

「ちぇー、つまんない」

「子供か」

「ところで、私の転職先、誰にも言わないでね。特に桜田くん界隈《かいわい》には知られたくない」

ＭＤＲに転職することが桜田の耳に入れば、何か勘ぐられて面倒くさいことになる可能性もなきにしもあらずだ。できれば知られたくない。だから上司にさえ「転職先は決まっています」しか言っていないのだった。

「そうなの？　まぁ、元々言うつもりもないけど」

「うん、言わない言わない。辞めちゃうのは淋しいけど、会社が近いんだから、転職しても帰りに飲みに行こうよ、新菜」

「うんうん、行く行く」

紗良の言葉に、三人はうなずき合った。

もしかしたら住み込みで在宅秘書をするかもしれないことは、今は言わないでおくことにしている。

（まだ決まったわけじゃないしね）

とはいえ、ＭＤＲ入社の七月一日まであと一ヵ月。長いようであっという間に過ぎてしまうだろうから、早く決めてしまわねばとは思う。

そんな新菜の迷いを分かっているように、皆川からメッセージが届いたのはその日の夜だった。

『今週末、出かけませんか？　もし甘いものが嫌いでなければ、お付き合いいただけると嬉しいです』

そんな文言で誘われたのは――


「おはようございます、皆川さん」

「おはようございます、小坂さん。すみません、朝からお付き合いいただいて」

「いえいえ、私も甘いもの大好きなので。こういうお誘いは大歓迎です」

待ち合わせをしたのは、なんと新菜の最寄り駅だった。

目的は、新菜の住むマンションから駅に向かう道の途中にある、洋菓子店だ。『Villa《ヴィラ》 Belza《ベルザ》』という名のついたその店は、イートインもできるパティスリーである。

オーナーパティシエの野上《のがみ》は、数年前にパティシエの世界大会で優勝したチームの一員だったので、そこから一気に名が知られるようになった。

新菜もたびたび通っては、ケーキを買っている。イートインもしたことがあって、オーナーの顔は知っていた。

偶然にも、その野上が皆川の高校からの友人らしい。

新菜にとっては意外だったが、実は皆川は甘味に目がなく、彼もまた頻繁《ひんぱん》にヴィラ・ベルザに通っているそうだ。

（今まで会ったことなかったなぁ……）

こんな美形、一度でも会っていたら、きっと覚えていただろうに。

「実はヴィラ・ベルザが開店五周年を迎え、感謝祭なるイベントをやっているそうなんです。あまり大きいお店ではないので、入場制限をしているらしく、友人が優先入場チケットをくれたんです」

そう言う皆川の口調はどことなく弾《はず》んでいるし、彼自身もウキウキしているように見える。

（本当に甘いもの好きなのね……ちょっと意外）

店に着くと、多くの人が店内にいるのが見えたけれど、ギチギチに混んでいるわけではなかった。入場制限しているというのは本当なのだろう。

エントランスには女性の店員が立っており、彼女の采配《さいはい》で入場の人数を調整しているらしい。

皆川がチケットを渡すと、小さな紙袋を渡される。ちょっとしたプレゼントのようだ。

そして、待つことなく中に入ることができた。

（わ……マスコミがいる）

カメラを持った人物が数名、店内の撮影をしたり、客にインタビューをしたりしていた。

通常のショーケースの隣に木製の丸いテーブルがあり、ピエスモンテと呼ばれる観賞用の飴細工《あめざいく》がガラスケースに入れられて飾られている。どうやら国内のパティシエの大会で賞を獲得した作品らしく、その旨《むね》が表記されていた。

とても見事な出来栄えで、新菜はほぅ、と感嘆のため息をつく。

ショーケースには、通常通りのケーキや焼き菓子などが並べられており、目にも鮮やかだ。

エントランスを入って右の手前側には、贈答用の焼き菓子や、それに合う紅茶の茶葉などが並べられている。野上が紅茶コーディネーターに依頼して選んだものだそうだ。

また、ショーケースの右奥にあるイートインスペースの壁には、ヴィラ・ベルザの歴史や大会に参加した時の様子が記載されたボードが掲《かか》げられている。何人もの客がそれを食い入るように見つめていた。

「それにしても……どれもこれも美味《おい》しそうで、目移りしてしまいますね」

新菜の隣でショーケースを覗き込む皆川の瞳は、大好物を目の前にした子供のように輝いている。

（なんだか可愛い……）

思わずクスリと笑ってしまう。

「？　何か面白いことでも？」

新菜の声に反応したのか、皆川が顔を覗き込んできた。きれいな顔に間近で見つめられ、心臓が跳ねる。

「え？　あ、す、すみません！　……皆川さんが、その……とても楽しそう……なので……つい……」

口ごもると、彼はふんわりと笑った。

「楽しいですよ。たくさんの美味《おい》しそうなお菓子に囲まれて……しかもこんな可愛らしい女性と一緒なんですから。楽しくないはずがないでしょう？」

「あ……それは、ありがとう……ございます」

(ん？　なんか変な返事になっちゃったな……)

社交辞令でも褒められれば照れる。またしてもしどろもどろになってしまった。

今度は皆川がクスクスと笑う番だ。

「小坂さんといると、楽しい毎日が送れそうですね」

「そ、そうですか……？」

「えぇ。……っと、あぁ、友人が来ました」

彼が前方を指差す。

背の高いスーツの男性と談笑していたコックコートの男性が、こちらに気づいて近づいてきた。

隣にいた男性も一緒だ。

「おー皆川、来てくれたのか」

「野上、五周年おめでとう。それと、招待ありがとう。遠慮なくお邪魔させてもらった。水科《みずしな》も来ていたんだな」

野上と思われる男性に肩を叩かれ、皆川が笑う。屈託《くったく》のない明るい笑顔だ。

(そういえば、皆川さんもこんなふうに笑うんだ……)

彼がいつも新菜に見せてくれるのは、優しくて包み込むような笑みだ。駅前で再会した日も朗《ほが》らかに笑うのを見たけれど、それっきりだった。

今こうして意外な表情を目にして、新菜は目を瞬《またた》かせる。

「ご無沙汰しています、皆川さん」

どうやら野上と一緒にいた男性も皆川の友人らしく、挨拶《あいさつ》し合った。

「こちらのお嬢さんは？　おまえの彼女？」

野上がニヤニヤしながら新菜と皆川を交互に見る。皆川は彼のからかいを完全にスルーし、新菜に声をかけた。

「小坂さん、この男が私の友人でパティシエをしている野上亨《とおる》です。そしてこちらは、私と野上の高校・大学の後輩で、水科幸希《こうき》。根岸の同級生でもあります。……野上、水科、こちらは小坂新菜さん。近々うちの会社に入社して、俺の秘書をしてくれる予定になっている女性《ひと》」

野上と紹介された男は清潔感はあるものの、一見チャラく大雑把《おおざっぱ》に見える。日焼けした肌と髪が、パティシエのイメージとはかけはなれていた。

聞けば、彼の趣味はサーフィンで、休みができると海に行っているそうだ。

この男があの美味《おい》しいケーキを生み出しているのかと、新菜は少し驚いた。

また、水科は正統派な美形で、皆川に勝るとも劣らない美貌《びぼう》を持っている。皆川よりも精悍《せいかん》な面差《おもざ》しで、一見、相手に畏怖《いふ》を覚えさせるが、表情を緩めると一気に優しげに変化した。

三人は有名大学の附属高校に通っていたそうだ。同級生の皆川と野上、一つ下の学年の水科は、それぞれキャラは違えど当時から気が合ったという。

野上は高校を卒業すると製菓の専門学校へ行ったが、皆川と水科は大学へ内部進学した。今でもたまに三人で飲みに行く仲だそうだ。

「小坂新菜と申します。皆川さんにはお世話になっております」

新菜は二人に頭を下げた。

「水科です。こちらこそ、いつも皆川さんにはお世話になっています」

水科がきれいに頭を下げる。

「へぇ……秘書、かぁ。初めまして、野上です。今日は来てくれてありがとう。……って、あれ？君さ、時々うちの店にケーキ買いにきてくれてない？」

「あ、はい！　ヴィラ・ベルザの近くに住んでいます。時々買わせていただいてます」

野上がまじまじと新菜を見るので、彼女はもう一度深々と頭を下げた。

「だよねぇ。見覚えがあると思ったんだ」

「ピスタチオとフランボワーズのオペラが一番好きで、いつも買ってます」

チョコレート生地とピスタチオクリームとフランボワーズクリームが交互に重なり、光沢のあるビターチョコレートのグラサージュがかかったオペラは、甘さと酸味とほろ苦さが絶妙なバランスと味わい深さを醸《かも》し出《だ》す。

新菜はベルザでケーキを買う時、このオペラは外さない。高カカオの苦みは少し苦手だが、このケーキは大好物だ。

「そうなんですか？」

「ありがとう、オペラはうちの一番人気だからね。皆川もそれが一番好きなんだよな？」

「小坂さんとケーキの好みが一緒だなんて、光栄です」

新菜が見上げて問うと、皆川が目を細める。

「今日は新作ケーキもあるから、是非《ぜひ》それを味わってもらいたいな」

「新作？　なんだ？」

「塩キャラメルナッツムースと、スカイベリーのショートケーキ」

野上がショーケースを指差す。そこには円柱型のムースと、正方形にカットされたショートケーキが並べられていた。

「わ、美味《おい》しそう……」

「ではこれを買いましょうか？　イートインしますか？　小坂さん」

「はい！　どっちにしようかな……さすがに二つはよくばりかな……」

頑張れば食べられないこともないが、皆川の前で二つもいくのは勇気が要《い》った。

そんな新菜の心情を察してくれたのか、彼が手を挙げて提案してくれる。

「どちらも頼んでシェアする、というのはどうですか？」

「いいんですか？」

「もちろん。小坂さんさえよければですが」

「私はかまいません。是非《ぜひ》そうさせてください」

知り合って大して経っていないというのに、皆川に対する警戒心はほとんどなくなっている。彼がとても誠実に接してくれているからだ。

ケーキをシェアしようという申し出にも、嫌悪感なんてなかった。

「それじゃあ、イートインに行きましょうか。……野上、水科。また今度食事にでも行こう」

「皆川、小坂さん、ありがとな。あ、今日のお客様に先着順で配ってる焼き菓子はもらったよな？新作のプレスリリース入ってるから」

野上は傍《かたわ》らにあった箱から、リボンがかけられた透明の袋を新菜に差し出してきた。中には色違いのマカロンが五つ入っている。

「こっちは小坂さんにおまけ。……他の人には内緒な」

「あ、ありがとうございます。私、マカロンも大好きなんです」

新菜は喜びのあまり声を上擦《うわず》らせながら、それを両手で恭《うやうや》しく受け取った。

「皆川のこと、よろしくな」

「は……はい」

何をよろしくするのだろうかと疑問に思いつつ、普通に返事をする。

そして野上にお辞儀をすると、皆川の後についてショーケースに向かった。ケースから新作のケーキ二つと、紅茶のセットを注文する。

「シェアしたいので、もしあればナイフもお願いできますか？　なければフォークを一本多くつけてください」

皆川が店員にそう言ってくれた。

イートインスペースのテーブルについた彼が、ジャケットのポケットから八インチタブレットを取り出し、画面を操作する。

「ケーキとお茶が来るまでの間、これを見ていただけますか」

ＰＤＦファイルを開き、タブレットごと新菜に手渡した。

「これは……」

「小坂さんが住み込みを了解してくださった時のために、契約書の叩き台を作ってみたのですが」

「わざわざ作ってくださったんですか？　拝見してもいいですか？」

皆川の許可を得た新菜は、タブレットを操作する。

中には、とてもきめ細やかな項目が並べられていた。

新菜が働きやすいよう、皆川が考えてくれた労働条件だ。

たとえば、土日は仕事としての家事は一切しなくていいことになっていて、生活のための最低限の家事はシェアハウスのように皆川と分担すると記載されている。やむを得ず新菜に任せなければならない時は、休日手当を払う、とあった。

また、在宅での秘書業務と家事の合間、空《あ》いた時間は好きなことをして過ごしていいとある。

さらには、皆川は仕事以外の新菜が望まない行為は一切強要しない――ともあった。これは暗にパワハラ・セクハラはしないということだろう。

「え……」

新菜はとある項目を見て目を丸くする。

「ん？　何か不備でもありましたか？」

「そうじゃありません。このお給料の欄ですけど……」

「少なかったですか？」

「逆です！　多すぎます！　ＭＤＲの秘書業務のお給料もあるのに、それとは別にこんなにいただくなんて……」

ＭＤＲの入社の契約はすでに交わしてあり、就業規則と一緒にもらった給与規定に、月給や昇給基準が記載されていた。それだけでもかなりの額だというのに、さらにハウスキーパーとして働けば、海堂エレクトロニクスにいた頃の二倍以上の金額になる。

最初に転職を提案された時、確かに家事と秘書業務で収入は倍出してくれると皆川は言ってくれたけれど……。

「一応契約はＭＤＲと交わすことになっていて、ハウスキーピングの分は職種手当として出す形になります。……っと、この話はまた後ほど」

店員がケーキと紅茶を持ってきたのを機に、皆川は一度話を切り上げた。

「わ……」

（美味《おい》しそう……）

白いプレートの上には、キラキラと輝くケーキが載せられている。

頼んだとおり、店員がフォークの他にナイフも置いてくれたので、皆川が新菜の希望を聞きながら切り分けてくれた。

塩キャラメルナッツムースは、ココアビスキュイの上にナッツ入りのガナッシュを敷き、さらにその上に細かく刻んだプラリネが混ぜ込まれたムースが載っている。上面にはホイップが絞ってあり、チョココーティングされたナッツが散らされ、隣には小さいマカロンが載せてあった。

「小坂さん、マカロンお好きとおっしゃってましたよね。どうぞ」

皆川が二つに切ったムースのマカロン側のほうを、新菜の皿に入れてくれる。

「あ、ありがとうございます」

それにショートケーキのいちごも載せてくれようとするので、新菜はそれは皆川に譲った。

二人はいただきます、と手を合わせ、ケーキにフォークを入れる。

「うん、これはうまいです。プラリネに塩が利いているんですね」

ムースを口に入れた皆川が目を見開いた。

「そうですね……美味《おい》しい、です」

新菜もマカロンを皿に避けて、彼と同じようにひとくちムースをいただく。口の中で甘さと塩味とほろ苦さが絡み合ってとても美味なのだが……

それを全身で感じているのに、新菜の顔は硬い表情にしかならない。

「どうかされましたか？」

「い、いえ、なんでもないです。本当に、すごく美味《おい》しいです」

苦しさを隠して新菜は笑った。皆川は一瞬、何か言いたげな表情になったが、すぐにいつもの顔になる。

「ショートケーキも美味《おい》しいですよ、小坂さん」

「あ……はい、いただきます」

（美味《おい》しい……）

「ベルザでいつも売っているものとは違いますよね？　これはこれでとても美味《おい》しいですが。小坂さんはどちらがお好きですか？」

皆川がケーキの感想を尋ねてくる。新菜は真剣に味わい、素直な感想を口にした。

「甲乙つけがたいです。……こっちは多分、薄力粉と強力粉を混ぜてスポンジを作っているんじゃないでしょうか。いつものショートケーキよりもしっかりめに作ってありますね。それと……スポンジのシロップは多分キルシュが使われていますが、生クリームにはオレンジ・リキュールを使っているのかも」

「言われてみれば、確かにほんのりとオレンジの風味がしますね」

普段ベルザで提供されているショートケーキは、卵黄と卵白を別々に立てて、薄力粉のみを使って作られるスポンジを、クリームといちごだけでデコレーションし、ふわふわと口溶けよく作られている。シンプルなケーキだ。

その分、材料の選別と管理と製法にはかなり気を遣っているそうだ。

今回新作として出されたいちごのショートケーキは、見た目からして普段とは違う。いつものショートケーキが丸いものを放射線状にカットした扇形《おうぎがた》なら、今回のは四角いホールから切り出したスクエアタイプだ。

スポンジも、シロップをしっかり吸い込むよう、薄力粉と強力粉を混ぜて強度を増しているらしい。さらにはシロップを打ったスポンジを一晩寝かせて馴染《なじ》ませているのだというから、手間がかかっている。

大ぶりできれいないちごは栃木《とちぎ》県産の高級品種を使用している。この品種は果汁が豊富なことで知られており、みずみずしさを逃がさないよう、上に載せたカットいちごにはナパージュというつや出しゼリーが塗られていた。

スポンジもフルーツも水分をしっかりと含んだしっとりずっしりとしたイメージのショートケーキなのに、重たくない。甘さもちょうどよいし、口の中に入れるとシロップといちごの果汁がじゅわ、と広がる。

さっき野上からもらったプレスリリースにも同じようなことが書かれており、それを読んだ皆川が感心した。

「確かに薄力粉と強力粉が使われているみたいです。さすがです、小坂さん」

「いえ、そんな大したことでは……勉強しただけですし」

新菜は料理だけでなく、製菓の勉強もしていたことがある。資格を取るまでには至らなかったものの、お菓子を作るのは好きだ。あくまでも素人《しろうと》の域だけれど。

「そういう謙虚《けんきょ》なところが、あなたの魅力の一つですね」

新菜が困ったような、照れたような、複雑な笑みで呟《つぶや》くように言うと、皆川は優しい言葉を返してくれた。

心の中が、ふんわり温かくなる。

紅茶と一緒にベルザのケーキを堪能《たんのう》した後、二人はもう一度野上に挨拶《あいさつ》をし、店を出た。

皆川は終始笑みを絶やさず新菜をエスコートしてくれる。

「とっても楽しかったし、美味《おい》しかったです」

「私もです」

ヴィラ・ベルザを後にした新菜たちは、電車で桜浜駅に出た。しばらくショッピングモールを歩いてから、遅めの昼食を取るためにレストランに入る。

新菜があまりお腹《なか》が空《す》いていないことを告げると「では、軽食系にしましょうか」と、皆川はサンドイッチ専門店にしてくれた。

店内はアメリカンダイナーをイメージしたカラフルレトロな内装で、かかっている音楽もオールディーズだ。

サンドイッチも、肉々しいボリューミーなものから、ひとくちサイズまで、様々なものを取りそろえている。

新菜はレタスとハムのサンドイッチ、皆川はアボカドベーコンチーズバーガーを注文した。

食事を終えて店から出た後、新菜は皆川に頭を下げる。

「ごちそうさまでした。すみません、結局、皆川さんにご飯代もケーキ代も払わせてしまって。ありがとうございました」

ヴィラ・ベルザでのイートインの時も、そして今も、彼があまりにも支払いをスマートに済ませてしまったので、新菜は申し訳なく思っていた。

「いいんです。これもプレゼンの一つだと思ってください。もし小坂さんがうちにいらしてくれたら、こうして一緒に外食もしたいので」

「あの……その件なんですが……あ、あそこで座って話がしたいです」

店を出て少し歩いたところにイベントスペースがあり、それを囲むようにレンガの植え込みがあった。その前にはベンチが並び、中の一つが空《あ》いている。

新菜は皆川をそこに誘導した。

並んで座ると、皆川のほうへ身体を向け、居住まいを正す。

「——皆川さん。住み込みの件ですが、謹《つつし》んでお受けします」

「っ、本当ですか？」

新菜が真剣な声音で告げると、皆川の目がぱぁっと輝いた。

「はい。私でよければ、皆川さんの生活のお手伝い、させていただきます」

「よ……かった……。ありがとうございます。よろしくお願いします」

「……ただ、一つだけ、条件があります」

「条件ですか？　なんでもおっしゃってください。小坂さんの言うとおりにリフォームもしますし、どんな家電もご用意します」

「そうではなくて……私に敬語を使うのはやめてください。特に、おうちにいる時は」

「敬語……ですか？」

「さっき……野上さんとお話されていた時の言葉遣い、あれが本来の皆川さんなんですよね？　私に対しても、あんな感じでかまいません。あ、もちろん、お仕事をしている時は他の従業員の人たちに対するものと同じように接してくだされればよいので」

皆川はいつも新菜に対しては丁寧な言葉遣いで、一人称も『私』だ。けれど、野上にはくだけた話し方だったし、自分のことは『俺』と呼んでいた。

外ではビジネス用の顔があるだろうが、自宅の中でくらいリラックスしてほしいし、素の皆川でいてくれないと、逆に自分がいづらくなってしまうから。

それを伝えると、皆川はにっこりと笑う。

「ありがとうございます。小坂さんは優しいんですね。……では、自宅で仕事以外の時は、なるべく普段の私のままで接するようにしますね。しばらくは直らないかもしれませんが、お互い徐々に新しい生活に慣れていきましょう」

「分かりました。いろいろと至らないこともあるかと思いますが、よろしくお願いします」

「今日はとりあえず、ご自宅までお送りします。契約の件については、来週末にでもお時間を取っていただけますか？　私のマンションを見ていただいて、必要なものなどをおっしゃってくだされば、引っ越しの時までに準備しておきますから」

その翌週。新菜は桜浜駅近くにある皆川のマンションを見学し、そして改めて契約書を取り交わした。

引っ越しについてはすべて皆川が手配してくれた。業者についても、退去後の掃除についても、ほぼノータッチだ。新菜は新菜で、海堂エレクトロニクスの退職手続きで忙しくしていた。

引き継ぎをして、片づけをして、送別会だのなんだのとこなしていれば、周囲の悪口なんて気にならない。

未だに桜田のことを言ってくる者や、彼の件で辞めざるを得なくなったのかと嘲笑《あざわら》ってくる社員もいたが、軽くスルーできた。

自分には次の就職先が決まっているし、収入も増える。おまけに住み込みなので支出自体も大幅に減るのだ。

転職するメリットのほうが断然大きかった。

そんなこんなで退職日の六月二十日まであと一週間ほどとなったある日——

「おまえ、辞めるんだって？」

ベンチでコーヒーを飲んでいると、目の前に影ができた。顔を上げた先、そこには桜田がいる。

彼は目を細めて新菜を見てきた。

「あー……どうも」

「まさか俺のせいとか言いふらしてねぇよな？」

冷たい口調で吐き捨ててくる。

（どの口が言うのよ……っ）

口元をつねってやりたいのを堪《こら》え、新菜はわざとらしい笑みを浮かべた。

「あー……ごめんね。ここのところ転職で忙しくて、し……桜田くんのこと、すっかり忘れてた」

その答えが不満だったのか、桜田がさらに目を細くする。

「……ふーん。おまえ、転職先見つかったんだ？」

「おかげさまで、今よりもお給料が高いところに決まったの」

「へぇ……どこ？」

彼は探るように不躾《ぶしつけ》な視線を、新菜にぶつけてきた。

「個人情報なので、それはちょっと」

「……まぁいっか。言っとくけど、俺の件であることないこと言いふらして辞めたら許さねぇから」

（あることないこと言いふらしたのは、そっちでしょ！）

大声で叫んでやりたい気持ちをどうにか捻《ね》じ伏《ふ》せ、新菜は笑みを固定したまま無言で立ち上がる。

「お世話になりました」

ぼそりと告げ、桜田の脇をすり抜けて部署へ戻った。

6

「おはよう、新菜さん」

「おはようございます、皆川さん」

キッチンに顔を出した皆川に、挨拶《あいさつ》の言葉を返した後、新菜は冷蔵庫に食材をしまった。

U字型キッチンのカウンターには木製のプレートが二枚置かれており、その上におかずが入った小鉢をいくつかセットしている。

「香ばしいいい匂いがします。……今日の朝食は？」

「アコウダイの西京漬けを焼きました。それとかき玉汁、ピーマンとじゃこの炒《いた》めものにトマトサラダです。ご飯は十穀米を炊《た》きました」

「今日も美味《おい》しそうですね。お手伝いしましょうか？」

「大丈夫ですよ。もうできますので、座っててらしてください」

皆川がダイニングテーブルに着いたと当時に、新菜は魚焼きグリルからアコウダイを取り出す。

焼き具合はバッチリだ。

それをプレートの大葉を敷いた部分に載せれば、今日の朝食の完成。

（うん、きっと美味《おい》しい）

我ながら彩《いろど》りもなかなかよいと思う。

プレートを持ってダイニングへ行くと、皆川がマットに箸《はし》とグラスをセットしておいてくれた。

「あ、ありがとうございます。すみません、私の仕事なのに」

「これくらいはできるから気にしないで」

新菜は冷蔵庫からピッチャーを出してグラスに麦茶を注ぎ、一つを皆川のマットの上に置く。

その間、彼は新菜を待っていてくれた。

ようやく新菜が席に着くと、笑って言う。

「新菜さん、今日もありがとう。いただきます」

「いただきます」

二人は手を合わせてから箸《はし》を取った。


新菜が皆川の住まいに越してきてから、一週間近く経った。

彼が居を構えるマンションは、桜浜駅からほど近い四十五階建て住商複合ビル『シーサイドタワー桜浜』の上層階にある。

ビルの地下はスーパーマーケット、地上から三階はショッピングモールになっており、実は新菜と皆川が初めて出逢ったのが、このモールだった。高級ブランド店から可愛らしい雑貨店まで、さまざまなショップやレストランが出店している。

モールの上にはオフィスフロアが二十階ほどあり、十社ほどがテナントとして入っている。ＭＤ

Rも元はそこに本社を構えていた。

そしてそれから上がすべてが居住フロアとなっている。

一日の乗降客数が十数万人を誇る駅から徒歩五分という立地も手伝って、この辺一帯のマンションの価格は一部屋当たり、一億円は軽く超える。シーサイドタワー桜浜に至っては一億五千万円を切るのは、下層の数フロアの1LDKの部屋だけらしい。

皆川は、そこの上層階の3LDKに住んでいた。

数週間前、契約と見学のためにここを訪れた時、あまりの豪華さに新菜の身体は震えてしまった。エントランスにコンシェルジュがいるマンションなんて初めて来たし、彼の部屋の広さにもびっくりした。

室内はハウスキーパーなんて必要ないほどきれいだ。

というより、余計なものが一切外に出ていない。ほとんどのものが各部屋に備《そな》えつけられた豊富な収納スペースに収められている。

皆川曰《いわ》く「家具を買うのが面倒なので、入居の時にクローゼットと棚を増築してもらったんです」だそう。

おかげで彼の部屋には『壁』というものがほとんど存在しない。大概がクローゼットの扉か、見えていても『棚』になっている。

玄関を入った目の前は左右に廊下が延びているが、面している壁もほぼ一面収納だ。その中の一角がシュークローゼットで、新菜の靴もすべてそこに収まっている。

住み込みを決意した日、新菜は皆川に不安要素があると打ち明けた。

『実は、私……桜田くんに味覚音痴《おんち》って言われていて、ご飯を作ってもちゃんと食べてもらえたことがなかったんです。だから、皆川さんのお口に合う食事が作れるか自信がなくて……』

正式に契約をする前に、是非《ぜひ》テストをしてほしいと頼んだ。皆川の自宅のキッチンで料理を作り、それを食べてもらい、新菜を雇うかどうか決める、というものだ。

皆川はそれを了承してくれた。料理の内容は『皆川が一番好きなもの』と『新菜が一番得意なもの』の二品。

皆川がリクエストしたのは、豚の角煮だ。

そして新菜が一番得意な料理は煮込みハンバーグ。

作る時も、皆川はそばにいて新菜の手さばきをつぶさに見ていた。調理師免許を持っている新菜は、手慣れた様子でリクエストをこなす。

そうして出来上がった料理について、皆川は――

『こんなに美味《おい》しい家庭料理は、生まれて初めてです』

感動を交えた口調でそう言ったのだ。是非《ぜひ》自分のために料理を作ってほしい、とも。

皆川には父親がいない。彼が中学一年生の時に病気でなくなったそうだ。幸い、母親が一部上場企業の正社員として働いていたので、経済的に困窮《こんきゅう》することはなかったが、その代わり、家事を皆川と弟の大地がこなすようになった。だから料理も自分で作ってきたのだが、学生の彼らが学業の合間に作れるものなどたかが知れている。さすがに新菜が作るようなものはできなかったという。

しかも大人になってからは外食ばかりだったので、料理の仕方はすっかり忘れてしまったらしい。

なので新菜の料理にはいたく感動したと、皆川はしみじみ言ってくれた。

自分が作った料理が彼の口に合ってよかったと、新菜は心からホッとしたのだ。

住み込みが決まった後、キッチンには元々なかった家電が増えた。新品の炊飯器や電気調理鍋、圧力鍋、それにハンドミキサー、ホームベーカリーに製菓道具一式まで。

ヴィラ・ベルザに行った時、新菜がケーキ作りが好きだと話したのを覚えていてくれたのだろう。

引っ越しした翌日、手始めにパウンドケーキと食パンを作ると、とても喜ばれた。


そんなこんなで、皆川の家での住み込み生活は始まった。

「この西京漬け、美味《おい》しいですね。地下のスーパーで買ったんですか？」

「え？　あ……これ、私が作ったんです。アコウダイの切り身を買って、白味噌《しろみそ》とみりんとお酒、それから少し砂糖を入れて漬け込みました」

「っ、本当に⁉　新菜さんが仕込んだんですか？　いや、西京漬けはお店で買うイメージしかなかったので、まさかイチから作っているなんて……さすがです」

「簡単なので、手間はほとんどかかりませんから」

「こんな美味《おい》しい料理が毎日食べられるなんて、私は幸せ者ですね」

皆川の言葉遣いは以前とほとんど変わっていない。しいて言うなら、新菜の呼び方が『小坂さん』から『新菜さん』に変わったくらいだろうか。

引っ越ししてから新菜はもう一度敬語の件を伝えたのだが、今のところこんな感じが楽なんだと皆川が笑うので、それならもう何も言うまいと、新菜も受け入れた。

「大げさです。皆川さんならもっと美味《おい》しいものをたくさん食べてらっしゃるでしょう？」

「外でも美味《おい》しいものは食べられますが、やはり新菜さんのお眼鏡……いや、舌に敵う食材に対する信頼度は段違いです。こんな言い方は失礼ですが、あなたが作る料理、何一つハズレがない。この西京漬けもかき玉汁も、私の好みを知っていて作っているのか、と思ってしまうくらいです。あなたに来ていただいて本当によかった」

優しい声音でそう告げた後、皆川はかき玉汁を口にした。

「そうおっしゃっていただけると、私としても作り甲斐《がい》があります。これからも頑張りますね」

「ほどほどでいいですからね。最初から全力疾走を続けていると息切れしますから。何品か出してくださるおかずの内、一品や二品、レトルトや出来合いのものを利用してくださってもかまわないですし、なんならデリバリーを頼んでもいいですから。そういうものを上手《うま》く利用してください」

「分かりました。疲れた時とかはそうさせてもらいますね」

最初からガスの抜きどころを提案してくれる皆川の優しさに、新菜の肩の力が抜けていく。

「そうだ、困ったことなどないですか？　家事をするのに足りないものとか、来週からＭＤＲでも働いていただきますが、テレワークをするのに不便なことなど」

「皆川さんがすべて用意してくださったので、今のところ何も不自由はありません」

新菜は玄関からリビングに向かう途中の、廊下に面した部屋を宛《あて》がわれた。十畳ほどあり、東側に窓がある。

扉には鍵がついているが、シリンダーを後づけしたものではなく、扉ごと交換してくれた。「他人に見られたくない洗濯物もあるでしょうから」と、部屋の中には昇降式の物干しを取りつけてくれた。テレビやHDDレコーダー、ベッドは、契約時に新菜の希望を聞いてくれて、そのとおりのものを置いてくれている。

仕事に使うPCも、必要なソフトなどはすでにインストールされているらしい。余っているもう一つの部屋を、二人共通の仕事部屋として整えてくれた。

あまりにも至れり尽くせりなので、申し訳ない気持ちでいっぱいになったけれど、『気持ちよく働いてもらう環境を整えるのも、雇用主の仕事なんですよ』と、皆川は笑って言ってくれたので、ありがたく享受する。

「必要なものがあれば、お渡ししたカードで購入していただいてかまいませんので。MDR名義で領収書だけもらっておいてください。仕事のものなら経費にします」

皆川からは、生活費として新菜名義のクレジットカードを渡されている。光熱費は銀行口座や皆川のクレジットカードでの引き落としだが、食事の材料や生活雑貨は新菜が買いに行くことになるのだからと、カードを作ってくれたのだ。

初めは落としたらどうしようかと戦々恐々としていたものの、皆川がそんな新菜を慮《おもんぱか》り、月に使用できる限度額を設定してくれたのでホッとした。

『限度額を超えそうなら、ダイニングのクローゼットに毎月ある程度の現金を入れておきますので、そこから出してください』

皆川の言葉に思わず、『そんなに私を信用して大丈夫ですか？』と、口走る。

けれど、皆川はこう言った。

『新菜さんも私を信用したからこそ、こうしてここに住んでくださったんでしょう？　私も新菜さんについては、何一つ心配していませんから』

その言葉を聞いて、新菜は嬉しくなる。

桜田の件では、何を言っても信じてくれない人たちもいた。だから皆川が自分を信じてくれているのが余計に心に染みたのだ。

（頑張って働こう！）

新菜は改めて心の中で決意したのだった。

そうして今日も作った朝食。食べ終わった皆川が「ごちそうさまでした」と手を合わせ、プレートを流しに運んでくれる。「ありがとうございます」と新菜も自分のものを運び、洗いものをする。

木のプレートは手洗い、その他の食器は食洗機にかけた。

今日は新菜の海堂エレクトロニクスでの勤務最終日だ。

最後の引き継ぎと、事務手続き、お世話になった人への挨拶《あいさつ》回りで終わる予定で、終業後は経理課で送別会を開いてくれるという。

挨拶《あいさつ》回りをしている途中、お世話になった人事部の同僚が慌てたように話しかけてきた。

「小坂さん、聞いた？　桜田くんが婚約したの」

「え？」

「秘書課の篠山さんと婚約したんだって、桜田くん」

耳元でこそこそと呟《つぶや》かれる内容に、新菜は何度か浅くうなずく。

「あー……そうなんだ？」

「あまり驚いてないけど、知ってたの？」

「えっと……知らないけど、別にもう関係ないから」

聞けば、桜田は照れくさそうな顔をして、周囲に言いふらしているらしい。新菜に酷《ひど》い目に遭《あ》わされた後、乃梨子になぐさめられて恋が芽生え、スピード婚約の流れになったんだとか。

(皆川さんが言っていたの、本当だったんだ)

以前、皆川が、桜田は乃梨子と婚約したために新菜と別れたがっていた、と言っていた。だから本当は「知っていた」のだが、余計なことを言ってトラブルに巻き込まれるのは勘弁なので、知らないふりをする。

「結構話題になってるわよ。なにせ相手があの篠山さんだもん」

「篠山さん、美人だしね」

それからは彼女の話に適当に相づちを打って終わらせた。

どうやら桜田と乃梨子の婚約はかなり噂《うわさ》になっているようだ。新菜との件で名前が広まったイケメンと、秘書課の美人秘書の婚約は、社内の話題をさらうには十分だった。

しかも広めている本人は、目の上のたんこぶだった新菜が今日づけで退職するとあって、かなり上機嫌らしい。

終業までの間、先ほどの同僚のように、あちらこちらからその件についてふられたが、新菜は「どうでもいいよ」とスルーした。

意識して気にしないようにしていたわけではない。その話題と同時に、次の就職先は決まっているのか、どこに行くのかなど、次から次へと浴びせられる質問を上手《うま》くやりすごすことに忙しく、気にする暇がなかったのだ。

かなりいい条件で転職することを言ってしまえば、他人の余計な感情を刺激しかねない。ひたすら笑ってごまかす。

その手の話題を上手《うま》く受け流した後、送別会も乗り切り、新菜の三年数か月に亘《わた》る海堂エレクトロニクスでの仕事は終わりを告げたのだった。

＊＊＊

「この業務アプリすごく使いやすいなー」

新菜は仕事部屋にＰＣを持ち込み、ＭＤＲの業務アプリを開いて作業をしていた。

皆川の自宅に越してきて三週間、ＭＤＲに入社して二週間ほどが経っている。

つい昨日、梅雨《つゆ》明け宣言が出た。本格的な夏の到来で、うだるような暑さだ。

外へ出れば十分で汗だくになる、例年通りの『ザ・日本の夏』に、新菜は日々の仕事の合間を使って夏バテ防止のメニューを考えていた。

彼女のMDRでの仕事は主に根岸のサポートだ。取締役も兼任する忙しい彼に代わり、メールのチェックや仕分け、頼まれたことを調べたりまとめたりする。

毎週月曜日は社屋に出社し、その週の予定を皆川、根岸と擦《す》り合わせる。それ以外は基本的には自宅勤務。皆川が取引先に向かう時の手土産《てみやげ》を用意するのも新菜の仕事だ。

それらの大半をオンライン上で行うのだが、MDRが独自に開発した業務アプリがとても使いやすい。勤怠管理はもちろんのこと、福利厚生の申請や人事上の手続きもすべて、業務アプリを通じて行う。

もちろん、社内の人間とのコミュニケーションも容易だ。メールだけでなく、チャットツールも搭載されている。就業時間中は主にそれを使って皆川や根岸とやりとりをしていた。

使い方を特別に教えてもらわなくても、直感的に操作ができるインターフェースになっているので、新菜もすぐに覚えられた。

また、コミュニティサイトとしても機能しているので、月に一度発行される社内報がオンラインで読めるし、支社がどんな課外活動をしているか、なども遠くにいながらにして把握できる。

東京にあるオフィスにはランニング部があり、皇居や駒沢《こまざわ》公園を中心にあちこちで走っている。その様子がサイトにアップされていて、とても楽しそうに見えた。また、九州の支社に存在するグルメ部では、ひたすら美味《おい》しいものを食べ歩いている。社内の紹介スペースにその写真と感想が書き込まれ、グルメレビューサイト並みに充実していた。

それらは会社から強制された活動ではなく、社員たちが自主的に集まったクラブなんだとか。

新菜が所属している桜浜本社には、自転車部があった。もちろんママチャリではなくロードレーサーを愛用しているメンバーが集まった部活動だ。

そういえば自転車で通勤している社員がいると皆川が言っていたなと思い出す。

(楽しそう……)

しばらくして生活が落ち着いたら、こういうのにも参加してみたい。

入社して最初の二日は社屋に出向いて研修を受けたのだが、社員は皆親切で、業務外のいろんな情報を教えてくれた。部活動も、自転車部以外に茶道部やスポーツ全般を広く行うスポーツ部というのもあるそうだ。

そんなふうに海堂エレクトロニクスから離れて気づいたことがある。

気持ちが軽くなった。しかもかなり。おそらく、桜田と別れて環境が変わったことが大きな要因だ。

今にして思えば、桜田との付き合いは新菜にとってかなりのストレスだったのだろう。彼と付き合っていた時にはそれに気づかなかったのだから、不思議だ。

離れて冷静になって考えると、桜田はかなりのモラハラ男だと分かる。釣った魚に餌《えさ》をやらないタイプでもあった。

付き合う前はとても優しくて真面目だったのに、交際が始まってしばらくするとデートに遅刻するようになった。時々財布を忘れるようになった。

新菜はそれを「自分に気を許してくれているんだ」と、斜め上の解釈をしていたのだ。

おかしいと思うことがあっても、口が上手《うま》い桜田に言いくるめられる。

ぞんざいな扱いは徐々に酷《ひど》くなり、最後に受けたのが三股捏造《ねつぞう》という仕打ちだ。

一年半もあの男から離れられなかったなんて。

「ほんと……ロクでもない男と付き合ってたのね、私……」

思い出すと自分の馬鹿さ加減に落ち込みそうになるので、忘れることにする。

「あ……そろそろ夕食の準備しなきゃ」

気がつけば、もう五時だ。契約では五時にはＭＤＲの仕事を切り上げ、夕飯の準備に取りかかっていいことになっている。

新菜はチャットツールで根岸に挨拶《あいさつ》をし、ＰＣを閉じた。

今日の夕飯は、皆川のリクエストでメキシコ料理だ。セビーチェとエンチラーダとワカモレのサラダにする。

セビーチェは元々、ペルー発祥のカルパッチョだが、メキシコでも食べられているので今夜のメニューに加えることにした。鯛《たい》の刺身を買ってきたため、それを使う。薄切りにした鯛《たい》をライムで和《あ》え、そこに薄切りにした紫タマネギとみじん切りのパクチーと塩を加えて混ぜる。皿にもりつけてラップをしたら冷蔵庫で寝かしておく。食べる直前には小口切りの小ネギを散らすので、それも用意しておいた。

エンチラーダは、ひとくち大に切った牛肉を細切りにしたパプリカと炒《いた》め、スパイスを利かせてトマトソースで和《あ》える。できたものを幾枚かのトルティーヤに載せて巻き、耐熱容器に並べた。その上にさらにトマトソースをかけてとろけるチーズをまんべんなく載せる。最後にオーブンでこんがりと焼いてできあがりだ。

ワカモレはアボカドを潰してみじん切りのタマネギとトマトとパクチーを混ぜて、ライムと塩こしょうで味つけたディップだ。平たい皿にレタスを敷き、ワカモレを載せ、周りにはトルティーヤチップスを散らすのだが、これもまた食べる直前まで別々にしておく。

今回はこの三品だ。今度メキシコ料理を作る時は、タコスやブリトーにしようと思う。

あらかた準備を終えると、浴室へ行き、お風呂を沸かしておく。

それからＬＤＫを見回し、部屋が片づいていることを確認した。

「うん、よし」

テーブルにランチョンマットを置き、カトラリーとグラスをセットしたところで、インターフォンのベルが鳴る。

皆川だ。いつもベルを鳴らしてから鍵を開けて入ってくる。

「ただいま」

「おかえりなさい。お疲れ様でした」

「新菜さんも、お疲れ様でした。スパイスのいい匂いがしますね」

皆川がキッチンに鼻を向け、匂いを嗅《か》ぐ仕草を見せた。新菜はエンチラーダが入った耐熱皿を掲《かか》げる。

「これを焼いておくので、先にお風呂どうぞ」

十分ほど前に皆川が『これから社屋を出ます』と連絡をくれたので、オーブンをプリヒートしておいた。もう入れてもいい頃だ。

「ありがとうございます。楽しみだ」

楽しげな彼の背中を見送った新菜の心が、ふいにふわりと温かくなる。

（なんだか新婚さんみたい……）

口にこそしなかったものの、身の内に湧いてきた言葉にハッとした。

「な、何考えてた⁉　今、私っ」

さらっと『新婚』なんて単語を思い浮かべてしまった。誰に聞かれたわけでもないのに、恥ずかしくてたまらない。

そんなふうに感じるなんて、図々しいにもほどがある。

（でも、皆川さんも悪いんだから……）

この家に来て初めて食事を作った時、皆川とは食卓を別にするつもりで準備をした。自分は雇われたハウスキーパーで、皆川は雇い主だ。普通なら食卓を共にするなんて非常識である。

けれど皆川は「どうして新菜さんの分はないんですか？」と、食事が一人分しか用意されていないテーブルを見て尋ねたのだ。

自分は後で食べるからと説明すると、彼は満面の笑顔で言った。

『私が夜遅くなる時は先に食べてもらってかまいませんし、逆に新菜さんがいない時は私も自分で済ませます。でも二人そろっているなら、一緒にいただきましょう。そのほうが効率がいいですし、それに一緒に食べたほうが楽しいし美味《おい》しいと思いませんか？』

初めは辞退したものの「一人での食事は淋しいものですよ……」と、アンニュイに言われてしまえば断れない。

結局、家族のように食卓をともにすることになってしまったのだ。

他にも、彼は何かと家事を手伝ってくれる。

週末にキッチンに立っていると、いつの間にか隣にやってきて「何をすればいいですか？」と、料理のアシスタントをしてくれる。乾燥を終えた洗濯物をたたんでいると、やっぱり隣に立って自分のものを引き取ってたたんでくれるのだ。

しかも皆川はそれをいつもにこやかに、手伝えるのが嬉しくてたまらない、といった様子なものだから、新菜が新婚夫婦みたいだと錯覚するのも無理からぬことだった。

（優しい人……）

過去に一人だけいた彼氏があの調子だったので、皆川のように優しくされると、嬉しさよりも困惑が先に立ってしまう。その内側からじわじわと滲《にじ》んでくる嬉しい気持ちが、新菜の心を温め潤《うるお》してくれて。

そこに芽吹いてくる何かに、新菜は気づかない振りをした。

7

「おはようございます、根岸さん。今日もよろしくお願いします」

「おはようございます、小坂さん。皆川さんのお世話、慣れましたか？」

「お世話、というほどしていません。家事はしてますけど、皆川さん、ご自分のことはほとんど自分でされてますし」

月曜日の出勤もこれで四度目だ。

秘書室には新菜の席も用意されている。デスクの上に置かれたＰＣを立ち上げた後、バッグの中からファイルと、ホチキス留めされたコピー用紙数枚を取り出した。

「根岸さん、すみません。実はこういうのを作ってみたんですが」

何十枚もの紙が挟み込まれて分厚くなっていたファイルには、ところどころインデックスシールが貼られている。

「これは……手土産《てみやげ》リスト……ですか？」

「前に、皆川さんと根岸さんが取引先への手土産《てみやげ》についてお話されていたのを聞いて、ちょっと作ってみたんです」

二週間前に社屋に出社した日のことだ。

皆川が社用で出張することになり、手土産《てみやげ》の手配を頼まれ、新菜は指定されたものを買ってきた。

それを見て、根岸が苦笑いをする。

『今日は鴻島《こうじま》さんのところに行かれるんですよね？　前回もそれを手土産《てみやげ》にしていた気がしますが』

『そうだったか？』

皆川が手にした紙袋を掲《かか》げて眺めるのに、根岸は軽くため息をついた。

指定されたのは有名菓子店のあられの詰め合わせだ。六種類の味の小袋が入っているのだが、和菓子でありながら洋風のフレーバーもある。箱も和と洋の中間を保ったお洒落《しゃれ》さと高級感を兼ね備《そな》えているので、進物としても使い勝手がいい。だからつい、これを選びがちになるようだ。

『私がカレンダーアプリにメモを残しているはずですが』

『すまん、チェック忘れだ』

『あの、何か別なものを買ってきましょうか……？』

『いいえ、親しい間柄なのでそこまで気を遣う必要はないです。これで大丈夫ですから』

新菜の提案に、皆川が優しく笑って手を振った。結局彼はそれを手土産《てみやげ》に出かけていったのだ。

そんなことがあってから新菜は秘書室共有のスケジュールアプリを深掘りし、根岸が記録してくれていた過去の客先と、そこに宛てた手土産《てみやげ》をすべてチェックしていった。

調べていく内に分かったのは、取引先によって持っていく手土産《てみやげ》に傾向があることだ。たとえばA社の場合、甘くない焼き菓子が多く、B社の場合は甘い和菓子、C社には和洋問わずだが生菓子を持参することが多い。

集まったデータを元に、新菜はまず取引先のリストを作成する。各社の傾向に合わせた手土産《てみやげ》を、桜浜駅ビルおよびシーサイドタワー桜浜のショッピングモールで手に入るもの限定でピックアップし、その詳細を分かりやすく一商品について半ページから一ページにまとめた。この二週間で新菜が実食できたものには、味の感想も添える。

また、各ページには傾向に合った取引先名も明記した。

一番下には販売元のウェブサイトにつながる二次元コードもつける。

「急いでいる時なんかは、案外ＰＣやタブレット立ち上げるの大変だと思って、すぐに取り出せる紙ベースで作ってみました。数ヶ月ごとにデータをアップデートしますし、これのデジタル版も作りたいと思って。スケジュールアプリと連動して、いつどこに何を持っていったのか、日付ごとや会社ごとにまとめて検索できたり、オンラインでアップデートできたりするプログラムを弟に組んでもらったんです。もしよければこちらで内容を精査してもらって、問題ないようでしたら社内アプリ向けにカスタマイズして組み込みたいな、と思うのですが」

説明しながら、新菜はファイルと一緒に取り出していたコピー用紙を根岸に差し出した。弟の新一が作ってくれたプログラムの仕様書だ。

根岸はそれを受け取ると、一枚一枚目を通す。

「……なるほど、いいですね」

「手土産《てみやげ》管理程度に大げさなプログラムかもしれませんけど」

「いえ、手土産《てみやげ》というのはあなどれないんです。渡したものが先様の好みに上手《うま》く刺されば、それが商談のとっかかりになることも珍しくない。これをいずれアプリ化できれば、有料配信も可能になります。皆川さんに報告しておきましょう。……いえ、ご自分で報告されたほうがいいですね。口添えはしますので。……っと、ちょうどいいところに」

「おはようございます。何かありましたか？」

皆川がちょうど姿を現した。

新菜は皆川より三十分早くマンションを出ている。もちろん一緒に出社などしない。

彼女は根岸に話したことと同じ内容を、皆川に説明した。その後、根岸がアプリ化の件を補足する。

「なるほど……小坂さんが、やたら土産物《みやげもの》のお菓子を買い込んでいるなと思ったら、これを作るためでしたか」

調べてピックアップしたはいいけれど、味を知らないままでは気が引けるので、なるべく自分でも食べてみてから感想などを添えてリスト化している。

しかしさすがに全部を食べるには時間と予算が足りなかった。購入代は自腹を切っていたし、バラ売りしていないものは箱で買ったので食べきるのが大変だ。皆川にも食後のデザートとして出していたが、二人でも食べきれない。日持ちするものは今度、慶子や紗良と会う時にでもおすそわけしようと考えていた。

「皆川さんの感想も、リストに反映させてもらいました」

皆川はファイルをパラパラとめくり、一枚一枚にざっと目を通している。その表情は自宅で新菜に見せるものではなく、CEOの顔だ。

「とりあえず、秘書室で使うツールとして、スケジュールアプリのデータに紐《ひも》づけられるようにしましょうか。我々で上《う》手《ま》く運用できたら、根岸くんの言うようにアプリとして配信するのもアリでしょう」

「配信アプリ……」

ごとき、と言ってはダメだろうが、手土産《てみやげ》の管理ごときでアプリ配信とかいいのかしら……と、考えてしまう。

そんな不安な表情を目にした皆川はフッと笑う。

「秘書が選ぶ手土産《てみやげ》、というのは、今や朝のニュース番組でワンコーナー化するほど注目されているんですよ。秘書がどのような思いや目的で、どのようなものを選ぶか、は、つきつめていけばその企業のセンスや理念を表すことになります。そこまで分かっていながら、今までどうして何も手を打たなかったのか、と言われれば、身も蓋《ふた》もないのですが……。今回、何も言わなくても小坂さんが動いてくれたので、とても助かりました」

皆川が優しく目を細めて新菜を見据《みす》えてきた。

「そういうもの……ですか」

手土産《てみやげ》が担《にな》う役割についてはいまいちピンと来ないが、余計なことをするな、などと言われなかったので、新菜はホッとする。

「小坂さん、私たちは会社の大改革に携《たずさ》わってほしいとか、巨額な利益につながる仕事をしてほしいと思ってあなたを採用したわけではありません。私や根岸くんの手が回らないような、細かい部分のフォロー役として立ち回ってほしいんです。だから、この手土産《てみやげ》のリストも、我々が求めている小坂さんの業務の一つなんですよ」

「あ……りがとうございます」

「それに、ＭＤＲはありがたくも成長し続けている会社ですが、小坂さんが在籍していた海堂エレクトロニクスと比べるとまだまだ中小企業の域を出ません。だから大企業のグループ会社にいた小坂さんだからこその気づきがあると思うんです。そういうところをどんどん指摘したり、新しいアイデアを出したりしてください。小さい分、改革や変化に臨機応変なのがこの会社のいいところですから」

（あ……）

ほんの一瞬。皆川の表情から緊張感が抜けた。

完全にプライベートモードの顔を見せたのを、新菜は見逃さない。

すぐにＣＥＯモードに戻ってしまったけれど、きっと新菜の不安を拭《ぬぐ》い去るために緊張を解いてくれたのだろう。

それが嬉しくてたまらない。

「……はい、頑張ります！」

その後、新菜の提案した手土産《てみやげ》管理アプリはＭＤＲの開発部門により形になった。

＊＊＊

新菜がＭＤＲに入社して一ヶ月と少しが経った。

世間はお盆直前で、町を歩いていても忙《せわ》しない雰囲気が伝わってくる。夏休みなので学生も多い。

その日は出社日ではなかったので、彼女は家事をしつつ、秘書業務をこなしていた。十一時を少し回った時、スマートフォンが鳴る。

ディスプレイには皆川の名前が表示されていた。

「――小坂です。どうされました？」

『皆川です。すみません、私、うっかりして今日必要な書類を忘れてしまいました。私の部屋の机に封筒が置いてあるので、それを届けてもらえませんか？』

「あ、はい。分かりました。すぐにお届けします」

『よろしくお願いします』

電話を切ると、新菜はすぐに自室へ行き、メイクを直す。

自宅での仕事とはいえ、住み込みで働いていることもあり、日中は化粧をしている。服装もそれなりにしているが、素足に靴下なので、ストッキングに穿《は》き替えた。

姿見で身だしなみをチェックし、それから皆川の部屋に入る。何度か入ったことがあるが、いつもきちんと整理整頓されていた。

桜田が片づけのできない男だったので、男性はそういうものなんだと思っていたけれど、皆川と知り合ってからは認識を改めている。

室内はシンプルで、壁際には作りつけの本棚があり、ビジネス書や小説などがぎっしり並んでいた。あとは机と椅子、それとセミダブルのベッドがあり、窓際にはミリオンバンブーの鉢植えが置かれている。ミリオンバンブーは開運竹とも呼ばれており、オフィスなどに置くと仕事運がアップすると言われているそうだ。実は共用の仕事部屋にも、小さめのものがあるし、ＭＤＲのＣＥＯ室にも置かれている。

「案外、縁起を担《かつ》ぐ人なのよね……」

新菜は笑みをこぼした。

「……っと、笑ってる場合じゃなかった」

すぐに机の上に目をやると、皆川が言うように書類封筒が置かれていた。それを手にして部屋を出る。

バッグに封筒を入れ、火の元や窓の戸締まりをチェックした後、ＭＤＲに向かった。

「自宅から職場まで歩いていけるって最高だなぁ」

出勤する時にいつも思うことだ。これだけでも転職してよかったとつくづく感じている。

しかし季節は真夏だ。短い距離でも汗だくになる。日焼け止めを塗っているけれど、流れ落ちそうだ。

早歩きをしてビルに飛び込むと、少し強めに効かせた受付周りの冷房が気持ちいい。

新菜は汗を拭きながらＣＥＯ室まで急いだ。

ノックをしようとすると、いきなりドアが開く。

「わっ」

思いがけないタイミングに、ビックリして声が出てしまった。

「――す、すみません！」

出てきた人物と危《あや》うくぶつかりそうになり、間一髪で脇に避ける。伏せた顔を上げると、目の前にスラリと背の高い美人が立っていた。

「いえ、こちらこ……」

「……？」

お洒落《しやれ》なスーツを華麗に着こなしたモデルのような美人が、新菜をじっと見つめてきた。

顔のパーツを一つ一つ値踏みしているような、上品さと不躾《ぶしつけ》さを綯《な》い交《ま》ぜにした視線に、居心地の悪さを感じる。

（な……何？）

新菜はたじろぎ、後ずさりした。

「あ、あの……何か？」

迫力の美人に声が上擦《うわず》る。

うかがうように見上げると、女性がハッと気づいたように切れ長のきれいな目をぱちくりさせた。

「――いいえ、ごめんなさい。失礼しました」

何事もなかったように美麗な笑みを見せた後、ヒールを履いた足で優雅に歩いていく。

新菜は大きく息を吐き出した。無意識に緊張していたらしい。

(なんだったのかな……でも、すごくきれいな女性《ひと》だったな……)

気を取り直して、ドアをノックする。「はい、どうぞ」の返事を聞いた後、入室した。

「失礼します。皆川さん、お待たせしました。先ほどお電話いただいた書類をお持ちしました」

「あぁ、ありがとうございます。私としたことが、うっかりしていました。本当に助かりました」

新菜が差し出した封筒を、皆川が申し訳なさげに受け取る。

「皆川さんが忘れものをするなんて珍しいですね」

「すみません、小坂さんの作る朝食があまりに美味《おい》しかったもので、余韻に浸《ひた》っていたら……って、小坂さんのせいにしてはいけませんね」

ははは、と、彼が笑う。

今日の朝食はフレンチトーストにした。

前日の夜に卵液《アパレイユ》を作り、漉《こ》し器で滑《なめ》らかにしたものにホームベーカリーで作っておいたバゲット生地のパンを浸《ひた》し、そのまま冷蔵庫で一晩置いた。

それを焼いて出したのだ。バターを載せて、メープルシロップをかけたトーストにはサラダとフルーツを添えた。

日本人なら誰もが知る有名なホテルのレシピから学んだとおりに作ったのだが、甘いものが好きな皆川は子供のように目を輝かせて喜び、「今まで食べたフレンチトーストの中で一番美味《おい》しいです」と言ってくれたのだ。

思い出したように遠くを見る目をした彼に、新菜はこそっと尋ねる。

「あの……本当に美味《おい》しかったですか？」

「本当に美味《おい》しかったですよ。間違いないです」

迷いの一切見えない即答に、ホッとした。

「それなら……よかったです。……あ、では」

「あ、小坂さん。この後すぐ昼休みです。よければ、お昼ご飯をご一緒しませんか？　食事の後そのまま取引先に向かうので、外で食べましょう」

「はい？」

用事が済んだので自宅へ戻ろうとしたところ、皆川が書類をバッグにしまって立ち上がる。

「駅ビルに新しいレストランができたんです。ランチの評判がよさそうなので、いかがですか？」

少し前まで携帯ショップが入っていた場所に、新しいフュージョン料理レストランがオープンしたそうだ。

「楽しそうですね！　おともいたします」

皆川の後についてＣＥＯ室を出ると、ちょうど昼休みを告げる音楽が鳴った。

ＭＤＲではチャイムが鳴らない。昼休みの間だけ控《ひか》えめなボリュームでＢＧＭが流れるようになっている。今日は心地のいいボサノバだ。

連れ立ってエレベータに向かう途中、後ろから声がした。

「皆川さん！」

二人して振り返ると、先ほどエンカウントした美女が小走りで駆け寄ってくる。

「高樹《たかぎ》さん、どうしました？」

「例の件ですぐに話したいと鴻島さんが……」

彼女は皆川の耳元でぼそりと吹き込んだ。それを聞いた皆川が目をわずかに見開き、そして新菜に向き直る。

「すみません、小坂さん。急用ができました。昼食はまた今度、ということで」

申し訳なさげに告げてきた彼に、新菜は胸の前であたふたと手を振った。

「分かりました。大丈夫ですから、早く行ってください！」

「この埋め合わせはすぐしますから」

皆川が手を上げ、女性と一緒に社内に戻っていく姿を見送る。

(やっぱりきれいな女性《ひと》だな……)

彼女が振り返ってこちらを見つめた後、頭を下げたのだが、その姿がとても華やかで、女性の新菜ですら見とれてしまうほどだったのだ。

彼女の瞳は新菜を敵視しているわけではなかった。ただ、何かを探られているような気がして、居心地が悪い。

相手が美人なだけに余計に心の中を刺激され、ちくん、と痛みが走った。

自宅に戻る途中、外で食事を済ませようと新菜はテラス席のあるレストランに立ち寄った。案内された外の席に座り、パスタランチセットを注文する。

ほぅ、とひと息ついて辺りを見渡すと、客の多くはＯＬやサラリーマンだった。

まさに平日の昼間の光景だ。けれどその中にぽつぽつと主婦や学生のグループがいる。もちろん、カップルも。

男女の学生らしきカップルは、自分のパスタをお互いに食べさせ合っている。とても仲がよさそうで、ピンクのハートマークを周囲に飛ばしていた。

（いいな……）

桜田と付き合っていた時、あんなふうに仲睦《なかむつ》まじく食事をすることはほとんどなかった。最後の半年などは新菜が食べる様子を見て「もっとうまそうに食えよ……」と、いらいらしげに呟《つぶや》いていたのが頭に残っている。

むしろ皆川との食事風景のほうがカップルのように見えるかもしれない。

『新菜さんが作る食事は本当に美味《おい》しいです』

『味だけでなく、盛りつけも素敵です。新菜さんの食事を拝見すると見た目も大切なんだな、と思わされます』

『二人で食べるとさらに美味《おい》しく感じますね』

などと、ことあるごとに褒めちぎってくれる。きっとお世辞も含まれているのだと思うけれど、それでも新菜にとっては活力になっていた。

味覚音痴《おんち》だの、舌が貧しいだのと、桜田から散々言われてきたから。

でも皆川と一緒にいると、自分が普通の女性であると実感できる。

「普通……か」

ふと皆川とあの女性のことを思い出す。

奇跡のように美しい皆川と、彼に引けを取らないくらいきれいな彼女は、並ぶと本当にお似合いで。

その傍《かたわ》らに並び立とうなんて、厚かましくて無神経だと自分でも思う。だからあんなに慌てて「早く行ってください」と彼らを促《うなが》してしまったのだ。

「あの二人、すごくお似合いだったな……付き合ってたりするのかな」

ふとそんなことを呟《つぶや》いてしまい、慌ててかぶりを振る。

(いかんいかん、変なこと考えちゃう)

頬を両手で擦《こす》ったところで、ちょうどパスタセットが来たので、新菜は食事に集中することにした。

＊＊＊

お盆明けのある日。朝食の準備に没頭していた新菜が違和感に気づいたのは、テーブルに食事を運んだ時だった。

「あれ……そういえば、皆川さんって起きたのかな……？」

いつもなら朝食の準備中に起床し、洗顔や身支度をしている音が聞こえてくるのに。

食事ができあがっても部屋の中は静かで、物音一つなかった。

「――皆川さん、起きてますか？」

皆川の部屋のドアをノックしても、返事がない。

もしかしてもう家を出たのかと思うものの、今日も普通に出社する予定だし、もしスケジュールに変更があったのなら、新菜に黙っているはずがない。

「皆川さん？　皆川さん？」

その時、ガタン、と、何かが落ちる音がした。

その大きさに、新菜の身体がビクリとする。ただごとではないと心配になった。

「皆川さん!?　開けますね？」

そっとドアを開くと、薄暗い中、奥にあるベッドの掛け布団がもぞもぞと動く。床には、スマートフォンとデジタルの目覚まし時計が落ちており、裏蓋《うらぶた》が外れて乾電池が散乱している。

「皆川さん、大丈夫ですか？　……って、どうしたんですか!?」

部屋の電気をつけて近寄ると、真っ赤な顔をした皆川が弱々しげに手を突き出してきた。

「……ちか、づかないで……」

か細くも低い声が、そう告げる。新菜はかまわずベッドサイドにひざまずき、彼の額《ひたい》にそっと手の平を当てた。

「熱い！　すごい熱じゃないですか、皆川さん！　……すみません、気づかなくて」

新菜の頭は、ものすごい勢いでこの後の対処を弾き出す。

（すぐに着替えさせて、冷却シート貼って……ううん、その前に熱を測って、経口補水液を用意して……って、そうだ、根岸さんに連絡しなきゃ！　それからお粥《かゆ》をつくって、ゼリーも用意しておかなきゃ。風邪薬も呑まさなきゃだし……って、あれ、お医者さんに連れていったほうがいいのかな……）

「ただの、風邪です……に、なさん……うつったらいけません。水分だけ……用意してもらって、後は放って……おいて、くれたら……いいです、から」

熱で朦朧《もうろう》としながらも気遣う言葉をかけてくれる皆川に、新菜は少しだけ声を荒らげる。

「何を言ってるんですか！　なんのために私がいると思っているんですか？　こういう時こそ、私に頼ってください。……それほど頼り甲斐《がい》はないと思いますが、それでも、看病くらいはできます。……させてください」

こう言い放ったことで、かえって冷静になれた。

新菜は皆川の額《ひたい》にもう一度手を置く。水仕事をしていたので少し冷たい手の平が、わずかでも皆川にとって心地よければいいな、と思った。

「……つめたい手、ですね。……きもちいい、です」

「皆川さんは、何も心配しなくていいです。早く治すことだけ考えて、寝ていてくださいね。根岸さんには私から連絡しておきます」

だろう。


「すみません……ご迷惑を、おかけして」

「迷惑なんかじゃないですから、安心してください」

目覚まし時計を拾って抜けた電池を戻し、元の場所に置く。電波時計なので、時間は自動で合うだろう。

そして新菜は一旦部屋を出た。

薬箱から体温計と風邪薬を出し、パントリーに買い置きしてあった補水液とアルミパックの飲むゼリーを出す。

それから蒸しタオルに冷却シート、冷凍庫に入れてあった不凍ジェルの枕、着替えを準備し、皆川の部屋へ向かった。

彼の体温は三十九度一分あった。身体の状態を確認すると、頭痛と寒気が強く、身体の節々にも痛みがあると言う。

ひとまず吸い飲みで補水液を飲ませ、汗だくのパジャマを着替えさせようと、皆川の身体を起こし、ベッドのヘッドボードに寄りかからせた。

さすがに下は新菜がやるのはどうかと思ったので、上だけを脱がせ、身体を拭く。

しなやかに引き締まった上半身を、ほどよく温くなった蒸しタオルで優しく拭《ぬぐ》ってから、Ｔシャツを着せ、その上にパジャマを着せた。ズボンは皆川がなんとか自分で着替えたので、脱いだほうを受け取る。

シーツを替えるのは無理だったため、大きなバスタオルを二枚敷いて、その上に皆川を寝かせ、布団をかけた。

「ありがとう……さっぱり、しました。……それに、水分を摂って、少し、楽に……」

「熱が高いんですから、ちゃんと横になっていてください。熱が三十七度台になったら、お粥《かゆ》を作りますから。……他に何か欲しいものはありますか？」

「……愛、かな」

「？　はい？」

ぼそりと紡《つむ》がれた言葉が聞き取れなくて耳に手をかざすと、皆川が薄く笑う。

「……いえ、今のところは、だいじょうぶ、です」

「じゃあ……何かあれば遠慮なく言ってくださいね」

部屋を出た新菜は根岸に連絡をし、皆川の状態を伝えた。根岸が会社関連のあれこれをすべて請《う》け負《お》ってくれるそうで、安心する。

『小坂さんは皆川さんの看病に集中してください。こんな時くらいゆっくりできるように、べったべたに甘やかしてあげてください』

そう言われ、新菜は何故《なぜ》か照れてしまう。

でも仕事と皆川の看病を掛け持ちしなくてもいいのは助かる。

ほぅ、とひと息ついた後、用意していた朝食をささっと食べて、皆川の分はプラスチック容器に入れて冷蔵庫にしまっておいた。

洗いものをしながら、皆川の食事を考える。不幸中の幸いか、吐き気も下痢も今のところはないので、ある程度のものはいけそうだ。

冷凍庫にはアイスクリームがある。食べられそうならそれを出して。

バナナやヨーグルトもあるから、それにはちみつをかけるのもいい。

豆腐があるので味噌汁《みそしる》もできる。

「……買い物に行かなくてもなんとかなりそう」

新菜が引っ越ししてきた時、パントリーにはあまり食料品が入っていなかった。防災用のリュックサックはあったけれど、病気の時に必要なものがほとんどなかったのだ。

だからある程度の保存食と、病気に備《そな》えての補水液やゼリーを買い、冷凍庫にはジェルタイプの氷枕を常に入れておくようにした。

それが今日、役に立っている。

(準備しておいて、よかった……)

皆川の役に立てて嬉しい——新菜は心の底からそう思った。

8

（俺としたことが……熱を出すなんて……）

皆川は朦朧《もうろう》とする意識の中で、自分に毒づいた。しかしその反面、新菜が誠心誠意看病してくれることに、嬉しさを隠しきれずにいる。

うつしたくないのに、そばにいてほしい。

近づいてはいけないのに、触れてほしい。

相反する感情が、熱い身体の中でせめぎ合っている。

それにしても、新菜が用意してくれた買い置きが大いに役に立った。今、頭を冷やしてくれている枕も、傍《かたわ》らに置かれたペットボトル飲料やゼリーも、すべて新菜が常備してくれていたものだ。

熱が下がれば、きっと消化のいい食事を用意してくれるのだろう。

（俺のハウスキーパーは有能だ……）

皆川は自分の本能が正しかったことを確信した。

新菜がここへ移り住むようになってからというもの、自宅での生活が格段に快適になっている。

ＱＯＬ《クオリティ・オブ・ライフ》が数倍にも跳ね上がっていた。

ハウスキーパーなら今まで何度も雇っていたが、ＱＯＬの変化なんて考えたことも感じたこともない。

しかし今は快適どころか快感すら覚える。こうして熱で伏せっている今でさえ、心の中は晴々しい。

これがひとえに『新菜がそばにいてくれるから』に他ならないことは、もちろん分かっている。料理をする時のエプロン姿も、掃除をする時の軽やかな足取りも、洗濯物をたたむ繊細《せんさい》な手先も――何もかもが可愛くて仕方がない。

そんな新菜を見ていると、うっかり「新婚夫婦みたいだ」という言葉が口を衝《つ》いて出そうになる。いっそ本当にそうなればいいと思うが、急《せ》いては事《こと》をし損じてしまう。

桜田史郎にモラハラ同然の扱いをされていた彼女には、大切にされる喜びを知ってほしい。ゆっくりでいい。少しずつでいい。

まずは、新菜が桜田によって奪われたであろう自信を取り戻すところからだ。

作ってくれた料理を褒める。とはいっても、お世辞などは言わない。本当に美味《おい》しいから繕《つくろ》う必要などない。心からの素直な言葉で表せばいい。

新菜は自分が味覚音痴《おんち》だと思っている。

どうやら桜田から言われていたらしいが、それは逆に違いない。あの男こそが味覚音痴《おんち》なのだ。

おそらく味が濃ければ美味《おい》しいという感覚の持ち主なのだろう。それ自体は否定しないが、世の中の食を彩《いろど》る味わいは多種多様だ。

己の舌の貧しさと見識の狭さを棚に上げて新菜の短所をあげつらっていたのだから、愚かにもほどがある。

新菜の料理は、素材の味や出汁《だし》を生かした上品なものもあれば、B級グルメみたいな親しみやすいものもある。すべてが優劣などつけられないほど美味《おい》しくて、食べるのが楽しい。

元々勉強家の彼女だが、まさかここまで料理が上手《うま》いとは思わなかった。嬉しい誤算だ。

それなのに、新菜はいつも心配そうに「本当に美味《おい》しかったですか？」と、尋ねてくる。

隠しきれていない縋《すが》るような揺れを秘めた瞳を見ると、彼女の味覚に対しての怯《おび》えが桜田の件だけが原因ではないと分かった。

何かを食べた時に、どこかぎこちない反応になるのも気になる。

過去に何があったのか、聞き出したいのはやまやまだが、焦《あせ》ってはいけない。

新菜の憂《うれ》いは自分の持つすべてを使ってでも取り除いてやりたいものの、彼女の心を無理やりこじ開けてしまうのは悪手でしかないから。

話してもいいと思えるほど心を許してもらえるよう、誠実な男でいるしかないのだ。

たとえ新菜が無防備な仕草で無自覚に煽《あお》ってこようとも。

清純なオーラに時折ふわりと甘い色気を滲《にじ》ませてこようとも。

男の欲を身体の奥深くへ沈めて閉じ込めて、ひたすら真面目で品行方正な雇い主を演じる。

日々感じている小さな幸せを、大切に大切に大きく育《はぐく》んでいかなければ——確実に、新菜を手に入れるために。

熱に浮かされた頭の中で、真面目で誠実な自分と、利己的で欲深い自分ががっつりと手を組んだ。

＊＊＊

「皆川さん……寝てますか……？」

小さく声をかけてみるけれど、反応が返ってくる様子がない。寝ているようだ。

朝の検温から二時間ほど経っている。新菜は新しい枕と冷却シートとタオル、それから補水液を持って皆川の部屋に入った。

ベッドに近づくと、彼の規則正しい寝息が聞こえる。そっと彼の首筋に手をやり、まだまだ熱いままであるのを確認した。

「ん……」

その時、皆川がみじろぎをする。起こしてしまったかと、新菜は慌てて手を引っ込めた。すると彼が薄目を開いて微笑《ほほえ》む。

「ありがとう……」

「起こしちゃってすみません。枕とか替えますね」

新菜が言うのに従い、皆川が首を少し上げた。新菜は素早く枕を交換し、今度は額《ひたい》の冷却シートも替える。補水液を飲ませると、皆川は落ち着いたように息を吐いた。

「心なしか……さっきよりも、楽になった気が……します」

「そうですか？　でもまだまだ熱は高いですよ」

体温計は三十八度八分を示している。

「でも……冷やしてもらったり、水分摂らせてもらったりしてるので……その分、楽です」

「何か食べたいもの、ありますか？　熱が下がったらすぐに食べられるように用意しておきますけど」

「……新菜さんが作った、おじやがいいです。卵が入っている、やつ……。きっと、美味《おい》しいと、思うので……」

「分かりました。……皆川さんのお口に合うといいのですが」

「いつも、言っていますが……新菜さんの料理は、なんでも、美味《おい》しいです。私の好みに、本当に合っていますから……」

皆川が口元を緩ませる。

（皆川さん……）

熱で苦しいはずなのに、新菜に優しさを分けてくれる。精一杯の言葉で料理を褒めてくれる。気遣ってくれる。

嬉しい。幸せ。

新菜は目元をくしゃりと歪《ゆが》ませた。

「……あなたの、食事からは、作った人の……誠実さとか、料理に対する……愛情を、感じます。お世辞など、言う必要もないくらい……美味《おい》しいですし……満足しています。……だから……自信、持って……」

布団から差し出された皆川の手が、新菜の小さな手をぎこちなく包み込む。

(熱い……)

触れている部分から高い体温が移り、体内を火照《ほて》らせる。

新菜は大きく息を吸って、そして幼い子供に読み聞かせをするように、穏やかな声音で切り出した。小さな小さな声で。

「――私、小学生の頃にお友達の家に遊びに行ったんです。その日、お友達のお母さんはお仕事だったんですけど、お昼ご飯を準備しておいてくれて、それを温めて食べたんです」


小学四年生のことだった。

クラスメイトの家で出されたチャーハンが、食べたことのない味――はっきり言ってしまえば、美味《おい》しくなかったのだ。すごく苦くて、なんだかジャリジャリする。入っていないのに、何故《なぜ》か納豆の臭いもした。

新菜はふたくちが限界で、スプーンを置いた。

『新菜ちゃん、どうしたの?』

すると、友人とその姉が、もりもり頬張りながら尋ねてくる。

『あ……うん。お腹空《なかす》いて……ないんだ』

両親から「人様の前で食べものを『まずい』と言ってはいけない」と躾《しつ》けられてきたので、まさか口に合わないなどとは言えなくて。

二人は美味《おい》しそうに食べているし、自分の味覚がおかしいのかもしれない——新菜は幼心に戸《と》惑《まど》った。

『……まずい？』

そう問われ、そんなことはないと首を横に振るものの、態度がぎこちなかったのが気に食わなかったのか、友人は激昂《げっこう》した。

『うちのお母さんのご飯、バカにしないでよ！』

肩をドンと押され、新菜はバタン、と畳に倒れ込む。

友人の姉がすぐに『やめなよ！』と止めてくれたけれど、いきなり声高に責められたショックと怖さで言葉が出なかった。

『新菜ちゃんってさぁ……舌がバカなの？』

（舌がバカ……）

そう言われた時、自分の身体の中に何か欠陥《けっかん》があるのかと思う。

聞き流せばよかったのかもしれないが、当時の新菜にとって、この言葉は心に強く深く突き刺さった。

『ごめんね、帰る……』

小声で言うと、足早に友人の家を出た。

急いで自転車を漕《こ》いで帰れば、出迎えた母がきょとんとしていたのを覚えている。

『早かったわね、もう遊び終わったの？』

『うん……』

新菜はしばらく自分の部屋にこもり、茫然《ぼうぜん》とした。

今まで友達から敵意剥《む》き出《だ》しで突っかかられた経験などなかったため、それが一番応《こた》えた。

そこにたたみかけるように投げつけられた『舌がバカ』というひとこと。

大人であれば大したことじゃないと受け流せる言葉でも、小学生の新菜には重いものだ。

だから「私って、味音痴《おんち》なのかな？」と、母に尋ねることもできなかった。それを言えば母を傷つける気がして、口にできなかったのだ。

友人とはその後まったく話さなくなった。

向こうからは無視されて、新菜も話しかけられなくなる。そして一ヶ月ほど経った頃、友人は転校していき、結局仲直りもできずに終わってしまった。

それからというもの、食事の時に美味《おい》しい表情ができなくなってしまった。舌ではちゃんと味わいを感じているのに、顔で表現できなくて。

自分の中にある味覚へのわだかまりを解消したくて、新菜は料理の勉強をしたのだ。調理師学校の夜間部に通い、免許も取った。ドレスコードのあるレストランから屋台のテイクアウトまで、いろいろな料理を食べて舌を養《やしな》った。

そうやって、新菜なりに料理に向き合ってきたのだ。

しかし、桜田にも『おまえって味覚音痴《おんち》じゃねぇの？』と言われた。

作るご飯に味がないだとか、ちょっとした刺激物に過剰反応しすぎだとか、おまえと一緒に飯を食うのが苦痛だとか、散々な暴言を吐かれた挙げ句に結局振られる。

だから、いくら皆川に褒めてもらっても、十年以上もこびりついた自分の舌への不信感は、完全には拭《ぬぐ》い切れずにいたのだ。

そんな新菜の料理を、彼はいつも辛抱強く丁寧に褒め、作ったものはきれいに完食してくれていた。

高熱で苦しんでいるにもかかわらず、今も懸命に励ましてくれる。

嬉しくてたまらなくて。

なのでつい、今まで誰にも打ち明けたことのなかった過去のしこりを、朦朧《もうろう》としている皆川に聞かせてしまう。

話し終える頃には彼はもう眠っていた。囁《ささや》くように話していたし、きっと話の内容など、明日には忘れているだろう。

でも、それでよかった。

これからも皆川のために誠心誠意、真心を込めた料理を作ろう——改めてそう思えたから。

「皆川さん……ありがとう」

わずかに汗ばんだ彼の顔を見つめながら、呟《つぶや》く。

今、二人の関係はきわめて健全で、とても良好だと思う。

絶対に壊したくない。

だから、心の中で確実に育ってきている甘い感情からは目を逸《そ》らそうと決めた。

＊＊＊

「新菜さん、実は今日、来客があるので、そのつもりでお願いします」

土曜日の朝、食事の後に皆川が言った。

洗い物を終えた新菜は、エプロンを外してキッチンのフックにかける。

「あー……はい、じゃあ私は外へ出ていたほうがいいですか？」

「いえ、あなたにも同席してもらいたいんです」

「？　分かりました」

先週、高熱を出した皆川は、翌日には何事もなかったように回復した。

朝には平熱でも、午後にはまた上がることがあるからと新菜が言い聞かせ、午後までは安静にしてもらっていたが、その後も上がる様子はなく。彼は自宅で仕事をし、新菜は彼の面倒と家事を半々にしてその日は終えたのだった。

『新菜さんの献身的な看病のおかげで、すっかりよくなりました』

嬉しそうに言う皆川に、新菜も嬉しくなる。

その翌日からは完全に通常運転に戻り、そして迎えた二度目の週末だ。

午後二時頃にお客様が来訪予定と聞き、新菜は張り切って掃除をした。皆川も手伝ってくれて、家の中――特にリビングはピカピカになる。

そうして一時半を回った頃――

「新菜さん、来客の前に少しいいですか？」

一人がけのソファでコーヒーを飲んでいた皆川が手招きをするので、新菜は彼の左斜め前に置かれた三人がけのほうに腰を下ろす。

「なんでしょう」

「新菜さんの今までの話と、私が知るあなたの味覚を合わせて考えてみたのですが」

「……はい」

『味覚』という言葉にドキリとするものの、極力顔には出さないようにして、新菜は居住まいを正した。

「新菜さんは、味覚音痴《おんち》ではなく、スーパーテイスターなのではないですか？」

「スーパーテイスター……？」

「超味覚とも言います。味覚が鈍いのではなく、人より鋭いんです」

初めて聞いた言葉に目を丸くしていると、皆川が説明してくれる。

世界で苦みを感じ取れるのは、人口の七十五パーセントほどと言われているそうだ。さらにその中の二十五パーセントは、他の人の数倍苦みを強く感じ取る舌を持っている。味を感じる味蕾《みらい》の密度が高いためだ。

彼らを総じて『スーパーテイスター』と言うらしい。

「――新菜さん、実は苦いものが苦手なのではないですか？　コーヒーとかグレープフルーツとか」

「！　そうです！　昔から苦いのが苦手で、コーヒーも砂糖とミルクを入れますし、ゴーヤーも苦みを取る処理をしたものを、我慢してやっと食べられるくらいで……」

カカオが使われているケーキなどは、砂糖やクリームで苦みが和《やわ》らいでいるので、まぁまぁイケる。しかし粉薬などは、今でもオブラートなしでは呑めない。

「ではやっぱり、あなたはスーパーテイスターなんだと思いますよ。……それで、こういうものを取り寄せてみたんです」

皆川が茶封筒を差し出した。

「なんですか？」

「スーパーテイスターのテストキットです。これであなたの味覚を調べてみませんか？」

「そんなことができるんですか？」

新菜は驚き、そしておずおずと封筒を手に取って中身を見る。

小さなジッパー式の袋に、細長い紙のようなものが入っていた。それが二つと、説明書が同封されている。

「試薬が染み込んだ試験紙で、舌に載せて苦みを強く感じれば、スーパテイスターなんだそうです」

説明書には「とても苦い」と感じる人は二十五パーセントでスーパーテイスター、「少し味がする」のは五十パーセントでノーマルテイスター、「味がしない」のはノンテイスターで二十五パーセント、とある。

「……やってみていいですか？」

「もちろん」

新菜は試験紙を袋から取り出し、じっと見つめた。皆川にちらりと視線をやると、彼は肩をすくめて立ち上がる。

「コーヒーミルクを取ってきます」

舌を出したところを見られるのが恥ずかしい気持ちを察してくれたのだろう、彼はキッチンへ入っていった。

その後ろ姿を見送り、新菜は思い切って、けれどそっと、紙を舌に載せる。

（……にがっ）

すぐに結果は出た。

「とても苦い」だ。

新菜はすぐに試験紙を取り、それをまじまじと見つめた。ティッシュを一枚抜いて紙を包み、ゴミ箱に捨てる。

違和感はしばらくの間、皆川がキッチンから戻ってきても、舌に残った。

「皆川さん、すごく苦かったです……」

「やはりそうでしたか。これであなたが味覚音痴《おんち》ではないことが証明されましたね」

「……皆川さん、この間私が話したこと、覚えててくれたんですね」

「もちろんです。あなたの声が心地よくてすぐに眠りそうになりましたが、話は最後までちゃんと聞いていました」

「そうだったんですね……少し恥ずかしいです」

自ら聞かせたくせに、何を言っているのだろう――口にはしないが、新菜は自分自身にそうツッコむ。

けれど、彼が新菜の身の上話をちゃんと聞いていて覚えていてくれたのが、すごくすごく嬉しかった。

その時、マンションのコンシェルジュからの呼び出しベルが鳴る。

「私が出ます。新菜さんはお茶の準備をしておいていただけますか?」

「はい」

皆川が応対している間に、新菜はキッチンへ行き、お湯を沸かした。食器棚から客用のティーカップセットを二客取り出し、トレーに並べる。

電気ケトルから湯気が立ち、スイッチが切れた頃、今度は玄関のベルが鳴った。

皆川が玄関へ向かう音を聞きながら、新菜は茶葉を計量する。

「――まさか皆川さんが、こんなイキったマンションに住んでらっしゃるとは思いませんでした」

「今日は休日に呼び立ててしまった負い目もありますから目をつぶりますが、その暴言は今後、永遠に腹の中にしまっておいてください」

（お客様って、女性……？）

皆川と軽口を叩き合っている声は、女性のそれだ。

リビングに入ってきたのを音で確認した新菜は、キッチンから顔を覗かせた。

（あ……あの女性《ひと》）

以前皆川に書類を届けに出社した時、ＣＥＯ室の前で鉢合わせた、あの美人だ。今日も今日とて美貌《びぼう》は健在で、休日なのでスーツではなく、カジュアルなパンツスタイルだった。

心臓がバクバクと鼓動を速めている。

（一体なんの用事かしら……）

確か皆川は、来客の際に新菜にも同席してもらいたいと言っていた。なんらかの報告だろうか。

（結婚……とか？）

その二文字を思い浮かべた瞬間、血の気が引きそうになる。

心臓が痛い。どうしよう。つらい。

新菜はブルブルとかぶりを振る。

（私が何かを思う資格なんてないんだから）

震える手をなんとか封じ込めて、ケトルのお湯を念のためもう一度沸騰《ふっとう》させ、プリヒートして茶葉を入れたティーポットに注ぐ。ミルクと砂糖もトレーに載せると、それを両手で持ち、リビングへ入った。

「あぁ小坂さん、ちょうどよかった。彼女は、うちの会社の調査部に所属している、高樹芽衣子《めいこ》さんです」

「高樹芽衣子です。以前、ばったりお会いしてますが、覚えてますか？」

「は、はい。小坂新菜です」

ぺこりと頭を下げてから、紅茶をティーカップに注ぎ、ソーサーとともに芽衣子の前に出す。同じものをもう一つ、皆川に渡した。

座るように言われたので、芽衣子の向かい――テーブルを挟んで反対側のソファに座る。

「小坂さん、高樹さんは小学生の頃に名字が変わられました。変わる前の名字は……『中川《なかがわ》』です」

「中川さん……ですか」

皆川が一体何を話したいのか……新菜には分からなかった。

すると芽衣子が横から助け船を出す。

「中川芽衣子って……覚えてない？　新菜ちゃん」

「中川……芽衣子……、っ、え……め、いこ……ちゃん？」

口の中で名前を噛みしめた数瞬後、新菜は目を見開く。遠い昔の苦い苦い想い出がよみがえった。

(芽衣子ちゃんなの……？)

中川芽衣子――小学生の時、新菜に『舌がバカ』という言葉を放った、張本人だ。

言われてよく見てみると当時の面影《おもかげ》がないわけではないが、何も知らなければ絶対に気づかなかった。

実際、今の今まで、『高樹芽衣子』と名乗る彼女と、小学生の頃の『中川芽衣子』の姿が、新菜の中では一ミリも重なったことなどなかったのだ。

新菜の顔にサッと暗い影が走ったのを目にしたのか、芽衣子は立ち上がり、身体を二つに折らんばかりに頭を下げた。

「ごめんなさい！」

スラリとした美女が髪を振り乱して謝罪する様《さま》は、なんだか違和感がある。必死な雰囲気に気圧《けお》され、言葉が出てこない。

「私……あの時のこと、ずっと謝りたかったの」

頭を下げた時の勢いはどこへ？　というたたずまいで、芽衣子はうつむきながら、ぽつりぽつりと語り出した。

芽衣子が言うには、彼女が新菜に怒りをぶつけた後、姉に叱《しか》られたそうだ。しかしそれが逆に芽衣子に意地を張らせ、気持ちをこじらせて、新菜に謝ることができずにいた。

それから一ヶ月ほどして、芽衣子の母親が事故で亡くなった。元々彼女の両親は離婚していて、芽衣子と姉は母子家庭で育っていたという。そして母の逝去後、芽衣子と姉は父に引き取られ、父方の実家に身を寄せるようになる。

結局、芽衣子は新菜に謝れないまま、転校していったのだった。

「あ……でも、あれは私も悪かったし」

人様の家でご飯をきちんと食べられなかったのだ。申し訳ない気持ちは今でもある。

「本題はここからなの！　……うちの母が作ったあのチャーハンだけどね。本当にまずかったんだ」

「……え？」

芽衣子がわずかに躊躇《ちゅうちょ》した後、決心したように口を開く。

「――うちの母ね……いわゆる『メシマズ』な親で。私と姉はそれに慣れちゃってたから気づかなかったの。父に引き取られて、父方の祖母が作ってくれたご飯を食べて、初めて今まで食べてた食事がまずかったことに気づかされて……」

芽衣子が打ち明けた真実は衝撃的だった。けれど、彼女の母親が亡くなっていたということにも、新菜は驚いている。全然知らなかった。

「お母さん亡くなってたの……大変だったね」

「ありがとう。……そんなわけだから、新菜ちゃんに暴言を吐いたのは私が完全に悪かったの。本当に本当にごめんなさい」

芽衣子が改めて深々と頭を下げた。新菜はあたふたしながら「頭上げて、芽衣子ちゃん」と、彼女の肩に手をやる。

芽衣子はＣＥＯ室の前で新菜とエンカウントした時、すぐに幼い頃に酷《ひど》いことを言ってしまった相手だと分かったそうだ。

（だからあの時、私をじっと見てたんだ……）

初対面の時に、まじまじと見つめられたことを新菜は思い出した。

「どうしても謝りたくて。皆川さんにお願いして、こうして伺わせてもらったの。今さら自己満足だって言われれば、それまでだけど……」

「私、あの時のことはすごくショックだった。……けど、芽衣子ちゃんのこと、憎んだりはしてないよ。もう十五年以上前のことだしね。……大昔のこと、謝ってくれてありがとう」

しゅんとしている芽衣子に、新菜は本音を吐き出す。そして芽衣子の謝罪を受け入れた。

二人は連絡先を交換し、それから小一時間ほど皆川も交えて話をする。

「私、もう味覚は矯正《きょうせい》されたから。今度一緒にご飯食べに行こう？　なんでもおごる」

芽衣子は新菜にそう残して帰っていった。後悔をわずかに燻《くすぶ》らせた薄い笑みを浮かべて。

新菜は意外な再会の余韻にしばらく浸《ひた》り、そして――

「皆川さん、ありがとうございました。おかげで、芽衣子ちゃんと仲直りできました」

この場合、仲直りと言っていいのか分からないけれど、この言葉が一番しっくりくる。

「私は大したことはしていません。高樹さんから新菜さんについて相談を受けた後に、新菜さんから例の話を聞いて、あぁこれは二人を会わせたほうがいいなと判断したまでです」

「そうだったんですか……」

「――頑張りましたね、新菜さん」

「はい？」

「味覚音痴を治そうと、一生懸命、食について勉強して、自分の舌を鍛《きた》えてきたのでしょう？　今のあなたを見ていれば、容易に想像がつきます。あなたはとても料理が上手ですし、いろんな資格を持ってらっしゃるのに、食品関係の仕事につかないのは何故《なぜ》だろうと思っていました。作った料理に自信がなさそうなのも不思議で……でもそれは、自分の味覚をあまり信じられなかったせいだったんですね。この間の話を聞いて、ようやく腑《ふ》に落ちました。小さな頃の経験がトラウマになっていたんでしょう？」

「皆川さん……」

（嬉しい……）

他の誰でもない、皆川が、新菜のこれまでの苦労と努力を分かってくれた。話していない部分まで察して、想像して、気遣ってくれた。

新菜の瞳から、一筋の涙がこぼれ落ちる。

「あぁすみません、泣かせるつもりはなかったのですが……」

皆川が苦笑しながらティッシュを数枚引き抜き、新菜の手に持たせた。涙を拭《ぬぐ》いながら、彼女は鼻声を絞り出す。

「あ、りがとうございます……本当に……」

多分、新菜がその気になれば、自分がスーパーテイスターであるという結論に、もっと早い時期に辿《たど》り着《つ》いていただろう。けれど呪縛に囚《とら》われていた彼女には、その選択肢をたぐり寄せることができなかった。

皆川が、代わりに導いてくれたのだ。

それに、後味の悪い離れ方をした芽衣子と再会までさせてくれた。

「あぁそうだ。あなたのトラウマの件は、高樹さんには話していません。すべてを包み隠さず話すことがいいとも思えませんでしたから」

「ありがとうございます。それでいいです。私も、話すつもりはありませんでした」

皆川は二人の間に溝が入りかねない要因を、あらかじめ排除してくれていた。

助け船を出しながらも、新菜に選択権を残してくれる、その気遣いが嬉しくてたまらない。

(私……やっぱり……)

新菜の中で、皆川に対する想いが完全に熟してしまった。気持ちを自覚するのと同時に、心に浸《しん》潤《じゅん》してきたのは……芽衣子の姿だ。

皆川のおかげで芽衣子と再び交流できたわけだが、それは新菜のためだけではないのかもしれないと思うと、心がちくりと痛む。

醜《みにく》い感情だ。

そんなことを思う資格なんてないのに。

湧いてきたもやもやした感情を、新菜は無理やり心の奥底に閉じ込めた。

＊＊＊

長い間、身の内にこびりついていた錆《さび》を削《そ》ぎ落としたからだろうか。新菜は見違えるように明るい表情になった。

以前も決して暗くはなかった、はにかむような笑みを見せてくれてはいた。

けれど今は、薄皮を一枚剥《は》いだように明るく、眩《まぶ》しい笑顔だ。

できることなら、ずっとそばで見ていたい。

皆川は自然と口元が緩んでいくのを、きゅっと止めた。

「皆川さん、案の定、桜田史郎についての調査依頼が来ましたよ。……依頼人は、篠山乃梨子の両親です」

根岸が依頼書をデスクに差し出す。

「そうか。……追跡調査をして、変更点があれば、保管してある報告書をアップデートしたものを余すところなく渡してください」

「了解です。……皆川さん、手を回しましたね？」

根岸がクスリと笑う。

「何を？」

「篠山家に、桜田史郎の黒い噂《うわさ》をそれとなく流しましたか？」

「そんなことするはずがない。……たまたま篠山乃梨子の従兄《いとこ》が友人だったから。聞きかじったことを雑談に織り交ぜて話しただけだ」

「……あぁ、水科ですね」

皆川の後輩で、根岸の同級生でもある水科とここ最近会ったのは、新菜と一緒にヴィラ・ベルザに訪れた時と、一週間ほど前だ。

水科は海堂ホールディングス社長の甥《おい》、つまりは篠山乃梨子の従兄《いとこ》でもあった。

皆川はまず、水科の従妹《いとこ》である乃梨子が結婚すると小耳に挟んだ体《てい》で、彼に連絡を取る。従妹《いとこ》の婚約おめでとうから始め、次に多少の悲壮感を醸《かも》しつつ「実はうちの秘書の小坂さんは……」と、盛ることなく新菜について吹き込む。あくまでも事実のみを並べるのがポイントだ。誇張するのは得策ではない。

幸い水科は聡《さと》いので、大仰《おおぎょう》な言い方をせずとも何かを察し「わざわざありがとうございます、皆川さん。叔母に話してみます」と、にっこり笑った。

あとは何もしなくても、今後の展開に想像がつく。

そして今週に入り、予想どおり篠山家から桜田の調査依頼が来たというわけだ。

桜田史郎のデータは、調査するまでもなくそろっている。しかし新しい情報があれば載せる必要があった。

追跡調査もとことんやるようにと、皆川は指示する。

「あぁそれから根岸、スマートタグをいくつか用意しておいてほしい。できるだけ高性能のものを」

「分かりました」

「あと、篠山家の依頼の件とスマートタグの件は、小坂さんには当面内密に」

己の口元に人差し指を立てた。

「心得ております。……皆川さん、実は桜田絡みでお耳に入れたほうがよさそうな情報がもう一つあります。鴻島さんから来たのですが、こちらも調査報告書に盛り込めそうです」

根岸がタブレットを操作し、ＰＤＦファイルを開いて皆川に渡す。

「……なるほど。桜田の女の正体か……俺と小坂さんを尾行して浮気現場を撮ったのもこの女だ。

これは……篠山家にとっては特大な地雷だろうな」

皆川は小刻みにうなずきながら呟《つぶや》く。最後までスクロールした後、意味ありげに笑ってタブレットを根岸に返した。

「――もちろん、これもきちんと調査報告書に入れてください」

根岸もまた作りものめいた笑みを浮かべて「了解しました」と小声で応《こた》える。彼が退室すると、皆川は乃梨子の従兄《いとこ》である後輩の顔を思い浮かべた。

（あいつには今度いい酒でも送っておこう）

皆川の意図をしっかりと汲《く》み取《と》って、理想の行動を起こしてくれた水科に、心の中で讃辞を贈る。

そしてＰＣのディスプレイに目を留めると、ちょうど社内チャットアプリのメッセージ到着音が鳴った。新菜からだ。

〝お仕事中すみません。今、出先なんですが、どうしても欲しい子を見つけたので、買って帰ってもいいですか？〟

（欲しい子……？）

普段、私的なメッセージなどほとんど送ってこない新菜からの珍しい内容に、口元の緩みが抑えられなくなる。

次いで送られてきた画像は、うさぎの耳の形をした多肉植物だ。彼女の説明曰《いわ》く『モニラリア』という名前らしい。

一緒に暮らすにあたり、植物や動物が欲しい場合はまずお互いの許可を得ようと話し合っていたので、こうしてメッセージを送ってきたのだろう。

机に載る程度の小さな鉢植えだろうに、律儀に許可を得ようとするのがいじらしい。

(新菜さんらしいな)

もちろん返事はＯＫだ。

〝新菜さんによく似合う、可愛らしいグリーンですね〟

そうつけ加えておいた。

〝ありがとうございます。一目惚《ひとめぼ》れしちゃったので、どうしても欲しかったんです〟

「一目惚《ひとめぼ》れ……」

新菜から一目惚《ひとめぼ》れをされるとは、なんと羨《うらや》ましい植物だろうか。心の端っこで、緑のうさ耳に対する小さな嫉妬《しっと》が芽生える。

(俺もなかなか大人気ないな……)

自嘲《じちょう》した皆川はゆるゆるとかぶりを振った。

9

「皆川さん、ごちそうさまでした。美味《おい》しかったです」

「美味《おい》しかったですね、新菜さんにも気に入っていただけてよかったです」

週末。新菜は皆川と桜浜の駅ビルにいた。

以前、ランチに行こうと約束していたフュージョン料理のレストランへのリベンジだ。

見た目にもこだわったランチコースは、二人の舌を大いに満足させてくれた。

「ブルスケッタに載っていたエビが、私は気に入りました」

軽く炙《あぶ》られたプリプリのエビがカルパッチョ風の味つけでバゲットに載せられていて、それがまた美味《おい》しかったのだ。

「あぁ、あれもよかったですね。ディルの風味が利いていて。……でも私は、やっぱり新菜さんの作る食事が好きです。お店で食べるのも美味《おい》しいですが、あなたの作る料理にはかなわないと思っています」

近頃は皆川に褒められるのを素直に受け止められるようになった。

嬉しくて都度、新菜の口元が緩む。

「ありがとうございます」

「お昼ご飯を食べ終えたばかりなのになんですが、今夜の夕食、リクエストしてもいいですか？」

「はい、なんでもどうぞ」

「お好み焼きが食べたいです。モダン焼きにしてくれたら嬉しいです」

「分かりました。じゃあ……帰りに材料買いましょう」

二人はお好み焼きに合うお酒はなんだろうかとか、サイドメニューは何にしようかとか、楽しく話しながら歩いていた。

すると――

「……あ」

新菜の目の前に、見知った顔が現れる。

ここ何週間かはすっかり忘れていた存在だ。

「新菜……なんでおまえ、この人と一緒にいるわけ？」

桜田が目を細めて怪訝《けげん》そうに見てくる。

確かに、新菜と皆川がこうして二人でいるのを桜田が訝《いぶか》るのは分かる。

しかし彼は表向き、『新菜が写真の男＝皆川と浮気をしていたから』というのを理由に彼女を振ったはずだ。だから二人が一緒にいたところで、なんら不自然な点はないという体《てい》でいなければおかしいのであって。

演技のツメが甘いなぁ……と、新菜は内心思う。

「そんなこと……桜田くんには関係ないでしょ」

「へぇ……おまえ、皆川さんと付き合ってんだ？」

「ちが……」

内心ドキリとするも、即座に否定しようと声を上げる――が、桜田に阻止された。

「皆川さん、前も言いましたけど、こいつと付き合ってもいいことないっすよ。なんか暗いし、掃除くらいしか取り柄ないし。美人でもないし。どうして俺、こいつと付き合ってたんだろ、って、今さらながら思いましたもん。……それに比べて、今の婚約者は最高だよ。美人だしスタイルもいいしお嬢様だし。今も、ウェディングドレスを選びに来たんだけど、どれも似合ってさぁ……」

勝ち誇ったような顔で、桜田は話し続ける。その様子からすると、ドレス選びに付き合っていられなくて、この辺りをブラブラしていたようだ。

(どれも似合ってる、って言うなら、最後までちゃんと見てあげればいいのに……)

自分と付き合っている時も、桜田はこんな感じだった。

ショッピングであれでもないこれでもないと選んでいると、すぐに飽きて「俺、タバコ吸ってくるー」と言い、フラフラとどこかへ行ってしまうのだ。

堪《こら》え性がなく自己中心的なのは、相手が誰になっても変わらない――振られて離れてみて、また、皆川という誠実の塊《かたまり》みたいな男性と暮らすようになって、新菜は改めて桜田のいい加減さがよく分かるようになった。

「それにこいつ、セックスの時だって反応薄くってさぁ……マグロってやつ？　抱いても面白くないんだもん」

「……っ」

極々プライベートなことを嬉々としながら、しかも皆川の目の前で披露され、新菜の顔から血の気が引く。羞恥心《しゅうちしん》で死にそうだ。

（そんなこと今言わなくたって……もう、やだ……）

うつむいて黙り込んだ新菜の手を、温かな体温が包み込んだ。そのぬくもりを目が辿《たど》ると、皆川の手だった。

「皆川……さん？」

皆川は新菜に優しく笑いかけ、それから桜田に視線を移す。

「桜田くん……私はあなたに感謝しているんですよ」

「え？」

「あなたが私のもとに来て、別れたいと言ってくれたからこそ、私は新菜に出逢えたんです」

「皆川さん……」

皆川はつい、と顎《あご》を上げ、次の句を継ぐ。

「新菜は掃除だけでなく、家事全般が得意なんですよ。特に料理なんて、そこらのレストランなんか目ではないくらいの腕前ですし。あなたは知らないでしょう？　新菜がフランス料理のコースまで自分で作ってしまえることを。もう絶品なんですよ」

確かに一度だけ、新菜は簡単なフランス料理をコース風に仕立てて出したことがある。それを皆川はいたく喜んで褒めてくれた。

「――それに、彼女に対してマグロなどと言い放っていましたね。それは裏を返せば、女性を満足させられなかったと、自分で暴露しているのと同じなんですよ。……恥ずかしくないんですか？　桜田くん」

「っ！」

　桜田は悔しそうに歯噛みしている。

「あなたは随分と新菜を過小評価していますが、あらゆる面で、彼女ほど素敵な女性はいませんよ。それは私が保証します。……まぁ、あなたにそれが分かったところで、もう遅いですが」

　皆川はあくまでも、穏やかで優美な笑みを浮かべたままだ。しかし彼の毅然《きぜん》とした口調は、桜田に反論の余地を与えない。

　新菜は、皆川が自分を庇《かば》ってくれるのが嬉しくてたまらなかった。桜田によって冷やされた心が、ほんのり温かくなっていく。

「あなたはあなたで、今の婚約者の女性とお幸せに。新菜は私が責任を持って幸せにしますので、ご心配なく。……では新菜、行きましょう」

　徹頭徹尾余裕のある態度だった皆川が新菜の手を引き、桜田の脇をすり抜ける。

「み、皆川さん……！」

　少し早足だったので緩めてほしいという意を込めて、新菜は彼を呼び止めた。皆川は気づいたように歩みを遅くする。桜田からはだいぶ離れていた。

「あぁすみません。早くあいつと離れたかったものですから」

「ありがとうございます。……私のこと、庇《かば》ってくれたんですね」

「さすがに少しカチンと来ました。……いつも頑張っている新菜さんのことを馬鹿にするなんて、許せなくて」

「嬉しかったです……とても」

新菜ははにかんで皆川の顔を見上げる。彼もまた、少し照れたように笑った。

「新菜さん、まだ時間がありますし、夕飯の買い物の前に少し歩きませんか？」

それから二人はしばらく黙したまま、桜浜の町を歩いた。

海沿いにある遊歩道を進む。潮《しお》の匂いが鼻腔《びこう》をくすぐった。

(暑いけど気持ちいい……)

「あそこに座りましょう」

遊歩道が通っている公園に、海に向かうように置かれたベンチがある。皆川は新菜をそこへ誘う。

そろって腰を下ろし、息をついた。

ベンチの後ろには木が植えられており、葉が青々と生い茂っている。ベンチはちょうど日陰にあたるので、二人の姿は公園内からは見えないようになっている。目の前の遊歩道に時折人が通るものの、ひっきりなしではないので、ベンチはほとんど二人きりの空間になっていた。

「――新菜さんがうちに来てくれるようになってから、二ヶ月くらいになりますか」

「そうですね。あっという間でした」

二人は海を見ながら話している。

平穏で、心が落ち着く空間だ。

このひとときがずっと続けばいいのにと、新菜は思う。

「何か不満や不自由を感じていることはありませんか？　もしあれば、なんでもおっしゃってください。……もちろん、私に対する愚痴でもかまいません」

「不満だなんて！　ありません。むしろ、恵まれすぎてて……いいのかな、って思います。ＭＤＲのお仕事も無理なくさせていただいてますし」

新菜が提案した手土産《てみやげ》管理ツールは、すぐに実用化された。元になるプログラムは弟の新一が作ったものなので、新菜と新一とＭＤＲで契約を交わしたのだ。

新一がプログラムに関する権利をすべて姉に譲ると言ったため、結局プログラムをＭＤＲが買いとる形で、代金は新菜の給料に上乗せされた。

新菜はそのお金で新一に新しいスーツを贈っている。その時、桜田の誕生日のために買って結局贈れなかった時計も一緒にあげた。一応事情を話したけれど新一は喜んで受け取ってくれたので、ホッとしている。

その話を皆川に伝えたところ、「新菜さんの弟さん想いは筋金入りなんですね」と、感動してくれた。

この二ケ月、不満なんてまったく出ていない。むしろ申し訳ないと思うくらい皆川はよくしてくれて、何か恩を返せないものかと考えているほどだ。

「――新菜さん、さっきの桜田への牽制《けんせい》ですが。私があなたをかばって芝居がかったことを言ったのだと思っていますよね」

「はい……違うんですか？」

皆川は少しの間だけ押し黙った後、決意したように口を開いた。

「あれは……本心です。私は、あなたほど素敵な女性はいないと断言できますし、あなたを幸せにする男は自分でありたいと思っています」

「皆川さん？」

皆川が新菜の手を握る。びくりと身体が反応するが、彼はかまわず新菜の瞳の奥を覗くように見つめてきた。

表情はこの上なく真剣で……そして、この上なく甘い。

「新菜さんのことが、好きです」

「え……」

皆川の声が脳を痺《しび》れさせて、目の前が白くなりそうだ。それを必死に堪《こら》える。

「あなたが大好きです。ずっと一緒にいたいくらい」

「あの……私……」

上手《うま》く返事をしたいのに、喉《のど》が詰《つ》まって言葉が出てこない。これは本当に、今現実に起こっていることなのか。

まさか。信じられない。嘘。

そんな単語が頭を次々とよぎる。

けれど皆川は、新菜の疑いを払拭《ふっしょく》するように柔らかく笑う。

「返事は急ぎませんし、私のことを好きになれないというのであれば、遠慮なく断ってください。そのことでハウスキーパーの契約を解除したくなったのなら、別の部屋を用意します。断ったからといって、ＭＤＲでの待遇には影響しませんから、その点はご安心ください」

彼の表情は真剣だ。

二ケ月間一緒に暮らしてきて、彼が女性を騙《だま》すような性格ではないことは分かっているつもりだ。

（ほんとに……？　ほんとに私のことを……？）

「あの……でも、芽衣子ちゃんは……」

それでも、心に刺さった小さな棘《とげ》について尋ねてみる。

二人が並んだ姿は絵画のように美しくて、本当にお似合いだから。付き合っていても全然違和感がないから。

つい、彼女の名前を出してしまった。

「高樹さん？　……あぁ、もしかして、高樹さんと私が恋人同士だと思ってらしたんですか？」

「断定はしてませんでしたが、かもしれない、とは……」

皆川がクスクスと笑みこぼした。

「高樹さんは、来年の春に結婚する予定なんです。……相手は、根岸です」

「え……根岸さんと芽衣子ちゃん、結婚するんですか？」

「ええ、おかげでいろいろ見せつけられています。高樹さんが最初にあなたのことを相談したのも、私でなく根岸にです。私は根岸経由で、あなたと高樹さんの昔の経緯を聞いたんですよ」

曰《いわ》く、根岸から「高樹さんが、小坂さんについて相談があるそうです」と聞かされた時は、一体何事だと内心慌てたらしい。

「そうだったんですか……じゃあ、本当に私のことを……？」

「私は自分の気持ちに嘘などつきません。あなたは私にとって、この世で一番大切な女性《ひと》です」

新菜の心がざわざわする――このざわめきは、歓喜だ。

嬉しいと思う気持ちが、心に波を立て、鼓動を速める。

どうしよう。

皆川の告白が全身を甘く痺《しび》れさせ、とろけてしまいそう。

あまりのことに、身体が動いてくれない。

何も言えずにいる新菜をよそに、言いたいことをすべて口にしたのか、皆川が立ち上がった。

「――そろそろ行きましょうか」

「あ……」

だめ。行かないで。

皆川は誠実に気持ちを伝えてくれたのだから。自分はそれに応《こた》えなければ。

今度は新菜が皆川の手を握った。

「私も好きです！」

「新菜さん？」

皆川の動きが止まる。

ゆっくりと振り返った彼は、ゆっくりと一度だけ、瞬《まばた》きをした。

新菜の顔が真っ赤に染まっていく。

「私も、皆川さんのことが好きです」

離れがたくて、つないだままの手を引くと、彼は抗《あらが》わずに再びベンチに腰を下ろした。

「――ずっと、素敵な人だと思っていました。……でも、私みたいな平凡な女じゃつりあわないと、自分に言い聞かせていて。皆川さんはきっと、芽衣子ちゃんみたいな美人と付き合ってるんだろうな、って……」

彼を好きだと気づいた瞬間にはもう、この恋は実らないだろうと思い込んでいた。

何せ彼のそばには芽衣子がいたのだ。あんな美人が身近にいて、新菜のようなちまっとした女など彼の目に入るはずがないと。

心の底に沈んでこびりついていた諦めの気持ちを吐き出すと、皆川が笑みを浮かべたままゆるゆるとかぶりを振る。「そんなこと言わないで」と前置きして、優しく続けた。

「私のほうこそ、新菜さんのような純粋で真面目な女性につりあうのかと、思いました。……でも、どうしても好きなんです」

好きだと思う気持ちは日々大きく育っていき、止められない。新菜を誰にも渡したくなくて、告白する機会をうかがっていた――そう、皆川が打ち明けてくれる。

新菜は喜びに言葉を震わせた。

「私……ずっと自分がダメな子だと思っていたんです。味覚のこともあったし、桜田くんにそう思わされていた部分もありました。でも皆川さんは、スーパーテイスターとか……私には考えも及ばなかった気づきをくれて。こんな私でもいいんだ、って思わせてくれたんです。嬉しくて嬉しくて……好きになっちゃってました」

皆川の言葉は不思議だ。紡《つむ》がれるたびに新菜の景色を鮮やかにしてくれる。

新菜の人生は総天然色で彩《いろど》られて、毎日心が賑《にぎ》わい弾《はず》んでいる。

そこに今、皆川が幸せの色を足してくれた。

「では、私と結婚を前提にお付き合いしてくれますか？」

「……はい」

こくん、とうなずいた新菜の頬に手を添え、皆川が顔を近づけてきた。距離がなくなるのと同時に、新菜は目を閉じる。

皆川との初めてのキスは、潮風を含んで、どこかしょっぱいような気がした。

＊＊＊

ふわふわとした気持ちのまま夕飯の買い物を終え、二人で帰宅した。

新菜はドキドキしっぱなしだというのに、皆川は平然とした表情で、買い物袋から買ったものを出していく。

「これは冷蔵庫ですか？」

「はい……」

「これはすぐ使いますか？」

「はい……」

新菜はどことなくそっけない口調になってしまう。完全な照れ隠しだ。

「新菜さん……後悔していますか？」

「はい？」

「私とのお付き合いにＯＫしてしまったことです」

困ったような口調で尋ねてくる皆川に、新菜は慌てふためく。

「いえ！　そんなことないです！　す、すみません……ちょっと、恥ずかしくて」

今までは雇用主とハウスキーパーとして暮らしてきたのに、これからは恋人同士なのだなと思うと、面映《おもは》ゆい気持ちでむずむずしてしまうのだ。

しかも今の他愛のないやりとりも、端《はた》から見れば、立派に仲睦《なかむつ》まじい恋人同士の光景で。照れるのも仕方がない。

こんなにピカピカで温かくて甘い気持ちになったのは、久しぶりなのだから。

皆川は、あぁ、とうなずくと、にっこりと笑った。

「では、早く自覚できるよう、少しお手伝いしましょうか」

「え？」

「これからは、仕事以外では私のことを名前で呼んでください」

「名前で……？」

「私はあなたのことを新菜と呼びます。ですから、新菜も私のことを航洋と呼ぶこと。いいですね？」

突然の提案に、新菜は照れを忘れて目を丸くした。

（そっか……付き合うなら、そうだよね……）

「分かりました。……頑張ります」

「名前呼びだけで、そんなに気合を入れる新菜はほんとに可愛いですね」

両の手で握りこぶしを作って決意を表した彼女に、皆川がクスクスと笑う。

「あまりからかわないでください」

「からかってません。……じゃあ、早速呼んでみましょうか」

さぁどうぞ、と、彼は無防備に両手を広げた。

「……航洋さん」

「余計な敬称がついていますね」

笑顔のまま目を細める皆川に、新菜は困る。

彼は七歳も年上で、しかも自分が勤めている会社のＣＥＯでもあるのだ。いくら恋人になったとはいえ、呼び捨てにするなんてはばかられる。

（……あ、そうだ）

「こ、航洋さんが、敬語をやめてくれたら、私も『さん』を取ります」

いいことを思いついたとばかりに、新菜は目を輝かせた。

「はは、新菜は交渉がお上手ですね。……では、お互いおいおい、ということで。お好み焼きの準備をしましょうか。私は何をすればいいですか？」

晴れて名前を呼ばれるようになった航洋が上機嫌で手を洗うのを見て、新菜は愛《いと》おしさを感じずにはいられなかった。


夕食後、航洋が入浴している間に、新菜は食器を食洗機にセットし、きれいにしたホットプレートをキッチンの棚にしまった。小ぶりで見た目もお洒落《しゃれ》なホットプレートは、二人で焼き肉やお好み焼きをするのに十分な大きさだ。収納場所にも困らなくていい。

航洋は今日の夕食も満足してくれたようだ。普通のお好み焼きとモダン焼きをそれぞれ二枚ずつ平らげている。

『これは……何かコツはあるんですか？　サクサクふわふわで、とても美味《おい》しいのですが』

食事中は食べかけのモダン焼きをしげしげと眺めながら聞いてきた。

『具と生地を混ぜたら時間を置かずに焼くことでしょうか……あまり置くと、野菜から水分が出てべちゃべちゃになっちゃうんですよ。あとお出汁《だし》は完全に冷ましてから混ぜてます。熱いままだと、混ぜた小麦粉からグルテンが出て、やっぱりべちゃべちゃしちゃうんです』

そう答えると、『なるほど……ちょっとしたコツがあるんですね』と、感心していた。

（ああいうところ、ほんとに好きだなぁ……）

新菜の家事などをいつもつぶさに観察し、興味深げに話を聞いてくれる航洋は、とても可愛らしい。だからいつもニヤニヤを隠すのに苦労するのだ。

今も、思い出し笑いをしている最中だった。おまけに、数時間前に好きだと言われた時のことまで思い浮かべてしまったものだから、もうやばい。

彼に想いを伝えた瞬間から、好きだという気持ちにかぶせていた蓋《ふた》が取れてしまい、あふれて止まらなくなっている。

（皆川さん……じゃなくて、航洋さんが、私のことを好き……とか、ほんとに⁉）

きゃーっ、と、小声で叫びながら、新菜は両手で顔を覆《おお》って身体をくねくねと捩《よじ》らせた。端《はた》から見れば、恋する乙女に……見えなくもないだろう。

桜田と付き合い始めた時は、こんなふうに浮かれたりしなかった。

楽しい人だな、と思っていた程度の時に、突然「付き合って」と言われたのだ。好きだという気持ちをじっくり育《はぐく》む間もなかった。

けれど航洋に対する恋心は……少しずつ大きくなり、熟していった。それが最高の状態になった時、航洋がくれた愛によって花開いたのだ。

新菜の心の中はそれはもう、キラキラのウキウキだ。

ちょうどその時、お風呂上がりの航洋がＬＤＫに入ってきた。新菜はあたふたして平静を取り戻す。

「新菜、残りの片づけは私がやっておきますから、お風呂どうぞ」

「は、はい！」

にやける口元をどうにか押さえながら、ふんわりとボディソープの香りをまとった航洋の横をすり抜け、バスルームに飛び込んだのだった。


お風呂から出ると、航洋がワインとチーズを用意してくれていた。新菜がソファに座るのと同時に、彼がオープナーでワインを開ける。

「乾杯しましょう。この空間における私たちの関係に、名前が一つ増えた記念日です」

これまでは、雇用主と従業員でしかなかった。今日からは、それに『恋人』という肩書きが加わる。航洋はそう言いたいのだろう。

ワインボトルに深い赤の液体が静かに注がれた。双方のグラスが満たされ、二人は一つずつ手に取って「乾杯」と口にし、グラスを合わせる。

「美味《おい》しい……」

新菜は口の中で十分に味わってから、こくんと喉《のど》に送り込んだ。

「チーズは、エダムにしました」

十分に熟成されたハードチーズがガラスのプレートに載っている。航洋にすすめられたので、ひとつ摘《つ》まんだ。

硬めのチーズは、舌の上でほろほろと崩れた瞬間、濃い香りを発する。

「これも美味《おい》しい……いくらでも食べられます」

「新菜さんのお口に合ってよかったです」

いつもは新菜が言っているひとことを、航洋が口にした。

彼は隣に座ってワインとチーズを堪能《たんのう》する新菜を、穏やかなまなざしで見つめている。まるで彼女の一挙手一投足をわずかでも見逃すまいとしているような視線に、気恥ずかしくなった。

「……そんなに見ないでください、航洋さん」

「すみません。あまりにも可愛らしいものですから……私の恋人が」

事《こと》もなげに紡《つむ》がれた言葉は、新菜の頬を瞬《また》く間に染め上げる。

「あ、あの、航洋さん。聞きたいことがあるんですけど」

「なんですか？　なんでも聞いてください」

「いつからその……私のことを？」

航洋が自分を好きになってくれたのは、一体いつからなのか、きっかけはなんだったのか――それが密《ひそ》かに気になっていた。

その問いに、航洋は躊躇《ためら》いもなく答える。

「桜田からあなたについて相談された日です」

「え……？」

「彼から見せられた画像の新菜に一目惚《ひとめぼ》れしたんです。可憐《かれん》で可愛らしくて真面目そうで……何もかもが私の好みだった。その瞬間から、私はずっとあなたの虜《とりこ》です」

「そんなに前から……？」

新菜は目を見張った。

あまりにも意外な答えだ。まさか初めて新菜の姿を認めた日だったとは。しかも写真の新菜に一目《ひと》惚《めぼ》れしたなんて……これは本当に、自分に向けられた言葉なのだろうか。

けれど航洋は、さらに嬉しい台詞《せりふ》をくれた。

「実際に会ったあなたは、私の想像を軽く超える素敵な女性でした。誠実で健気《けなげ》で、料理上手で。仕事には真摯《しんし》に向き合い、トラウマすら努力で克服しようとしていた。……それに、とても可愛い」

その瞳は優しい色気で満ちている。

「――どうしても新菜とのつながりが持ちたくて、会いに行き、私のもとで働かないかと誘いました。もちろん、あなたの仕事の能力も期待してのスカウトですが。こう見えて、かなり必死だったんです。……引きましたか？」

新菜はブルブルと首を横に振る。

必死だったなんて、とてもそんなふうには見えなかった。そして、頭の中には『嬉しい』という単語しか浮かばない。

「航洋さんが……私なんかにそこまでしてくれて、嬉しいです」

「初めて会った日は、必要に迫られてあなたを試すようなことしかしませんでした。でもそれ以降は、直接的な言葉こそ控《ひか》えていましたけど、割と分かりやすく好意を態度で表していたと思うのですが……気づきませんでしたか？」

「すごく優しい人だな、とは感じていたんです。でも、きっとみんなにそうなんだ、うぬぼれちゃいけない、って、自分に言い聞かせてました」

本当は今だって、夢を見ている最中なのではないかと、半分自分の脳を疑っているほどだ。

「夢……じゃ、ないよね……」

自分に向かって、ぽつりと呟《つぶや》く。

実感すると、なんだか涙腺が緩みかけた。ほんのりと目を潤《うる》ませた新菜は、頬を赤らめて航洋を見上げる。目の前にいるのが本当に好きな人なのか確かめたくて。

航洋は眉をひそめてぐぅ、と喉《のど》を鳴らした。

「そんな可愛い顔をしないでください。今日付き合い始めたばかりだから、誠実にゆっくり進めていこうと思っているのに、我慢できなくなります」

「我慢って……あ」

彼が言わんとしていることに思考が追いつき、頬がさらに赤みを増す。

「私はずっと、新菜をこの腕に抱きしめて、身も心も溶かしてやりたいと思ってきたんですよ。この部屋で一緒に暮らして、私を信じて隙を覗かせてくるあなたを押し倒したいと、何度も思いました。……けどその都度、不埒《ふらち》な欲求を理性で捻《ね》じ伏《ふ》せてきたのに、くじけそうになります。本当に、あなたって人は無防備にもほどがあります」

照れ半分、憤《いきどお》り半分の口調で、航洋が新菜に言い聞かせる。その目は悪いことをした子供を

「め！」と叱《しか》っているようにすら見えた。

なんだか可愛いな、と、新菜は身体の力を抜く。

「……押し倒してくれてかまいません」

「はい？」

「私、そんなに背が高いほうじゃないから、キッチンの高いところにあるものとか、航洋さんに取ってもらったり、隣に立って手伝ってもらったりするじゃないですか。航洋さんは背の高さも手足の長さも太さも、何もかもが私と違ってて……抱きしめられたら気持ちよさそうだなって、隣で思ってました」

週末、一緒に料理をしている時や洗いものをしている時、入浴後にTシャツやハーフパンツから伸びる長い手足を目にした時——自分との体格差を感じて、ドキドキしていた。

逞《たくま》しい腕が自分をかき抱いてくれたらどんなに心地いいんだろう——そんなふうに思ってしまい、すぐに打ち消していたのだ。

「……抱きしめたら、それだけでは終わらなくなります。分かってますか？」

「航洋さん、私、こう見えて大人です。ここへ来て『終わらないって、何がですか？』なんて、返したりしませんから」

新菜はクスクスと笑う。すると航洋が立ち上がり、柔らかい笑みで両手を広げた。

「——おいで」

「え？　……あ、はい」

新菜は自分の身だしなみをチェックするように軽く身体をはたくと、おずおずと航洋に近づき、そして、そっと胸に頬をつける。お互いの身体に腕が回るのは、同時だった。

（大きい……）

温かくて、いい匂いがして……確かな心臓の音が耳に飛び込んでくる。新菜の身体はいともたやすく、航洋の腕と胸の中にすっぽりと収まってしまう。

「……新菜の身体は小さくて、細くて、力を入れたら折れてしまいそうですね」

航洋の腕はしっかりと新菜の肢体に回っているのに、どこかぎこちない気もした。潰してしまわないようにと、加減をしてくれているのだろうか。

彼の心遣いがしみて、幸せだ。

「……そんなにやわじゃないので、力を入れても大丈夫ですよ」

「では遠慮なく、力を入れさせてもらいますね」

嬉しそうな声音で言うと、航洋はそのまましゃがみ込み、新菜を抱き上げた。

「わっ」

不安定な体勢になり、新菜は思わず航洋の首にぎゅっとつかまる。彼は嬉しそうに「そのままつかまっていてください」と新菜の耳元で告げ、歩き始めた。

生まれて初めての『お姫様抱っこ』だ。嬉しいやら恥ずかしいやらの感情と、これからの展開への緊張で、頭の中がふわふわしている。

航洋はリビングのドアを肘《ひじ》や足を使って器用に開け、廊下を進んでいく。

「お、重くないですか？」

一見軽やかに歩いていく航洋が心配になり、小声で尋ねると、彼はフッと笑う。

「ちっとも。羽毛を抱いて歩いているみたいです」

航洋が習慣としてスポーツクラブに通っているのを、新菜は知っている。

MDRの社屋にもフィットネススペースがあるのだが、CEOが使っていると他の社員が使いづらいのではと気を遣い、彼は外部のジムで鍛《きた》えているそうだ。

熱で看病した時に彼の身体を見たけれど、しなやかで品のある筋肉をまとっていた。

だから新菜を抱き上げるのも容易なのだろう。

そんなことを考えている間に、航洋の寝室に着く。

ここに入ったのもまた、彼が熱を出してダウンした時以来だ。相変わらずきれいに片づいていて、清潔感にあふれている。

感心している内に、新菜はベッドの上にそっと下ろされた。弾力のあるマットレスの足下側には、柔らかなダウンケットがかけられている。

航洋はベッドの縁に腰を下ろし、新菜を見下ろした。瞳に重たい色気を滴《したた》らせて。

「……本当にいいんですか？」

「やっぱりやめます、って言ったらやめちゃうんですか？」

「やめてほしいですか？」

「……やめないでください」

ベッドに乗り上げて新菜の上に身体を落とした航洋が、間近で見つめてくる。目を据《す》えたまま、ヘッドボードに手を伸ばし、カチリとスイッチを押した。

小さな電気がつき、部屋がほんのり明るくなる。

「多分、新菜は電気を消してほしいんだと思いますが、これだけはつけさせてください。……暗いままでして、あなたを傷つけたくはない」

そう言われてしまえば、嫌だと言えるはずがない。

新菜は頰を赤らめてこくん、とうなずいた。

「……優しくしますから」

「……はい」

返事をすると同時に、くちびるを塞《ふさ》がれる。いくつものキスを送られ、そのたびに航洋の体温が新菜に移ってじわじわと首筋が熱くなっていく。

心地よくて口元を緩めると、すかさずぬるんと舌を差し込まれた。口腔をねっとりと舐《ねぶ》られ、それから舌を搦《から》め捕《と》られる。

航洋は新菜の薄くて小さめの舌を甘噛みしたり吸ったりして弄《もてあそ》ぶ。それに応《こた》えるのにいっぱいいっぱいになっている間に、ルームウェアのボタンが外され、肩口があらわになっていた。

「ん……」

情熱的にくちづけるその下方で、着ていたものをするするとスムーズに脱がしてくる。あまりにもすんなりと上下の布を剝《は》ぎ取《と》られてしまい、新菜は恥ずかしがる暇もない。

未だ湯上がりの香りを残した肌が空気に晒《さら》される。

「きれいですよ、新菜」

目元を情欲で溶かした航洋が、うっとりと呟《つぶや》いた。

「航洋さん……敬語……」

「はい？」

「敬語、やめて……なんだか、くすぐったいです……」

頬を染めて切り出す新菜を見て、航洋がクスリと笑う。

「……敬語攻めは苦手ですか？」

「私だって脱いでるんですから、航洋さんも脱いでほしいです」

本当の航洋で接してほしい——そんな願いを言外に含ませて、新菜は真摯《しんし》な眼差《まなざ》しを向ける。

航洋は黙したまま新菜を見つめ、数呼吸後、目を柔らかく細めた。

「……嫌いにならないでくださいね」

「なるわけありません」

新菜が吐息《といき》混じりの、それでいてきっぱりとした声で言うと、航洋はその瞳を緩く潤《うる》ませて……

「——愛してる」

とろりと甘く、そして身体に響く低い声で、ひとこと紡《つむ》ぎ出す。

途端、新菜の顔がぶわっと真っ赤に染め上がる。

「……いきなりそんなの、ずるい」

火照《ほて》る顔を両手で覆《おお》い隠して、彼女はぼそりと抗議した。

「新菜の希望を叶えただけなのに、ずるいの？」

その両手を優しく剥《は》がしながら、航洋が新菜のくちびるにちゅ、とキスを落とす。

新菜は視線をあちこちに泳がせた後、諦めて口にする。

「……ずる……く、ない、です」

くちづけはだんだんと細い首筋を下りていき、鎖骨に辿《たど》り着《つ》いた。同時に、航洋は新菜の背中に手を差し入れ、ブラジャーのホックをぷつりと外す。

白くて柔らかいふくらみが、ふるりと揺れる。

「あぁ……食べてしまいたいほどきれいだ」

感動を滲《にじ》ませたため息混じりの呟《つぶや》きが聞こえたかと思うと、桃染色《ももぞめいろ》の天辺をちゅく、と口に含まれた。

「あ……っ」

びくん、と身体が跳ね、くちびるからは色づいた声が漏れる。

「ほんとに食べたりしないから、安心して。……可愛がりたいだけ」

先端を含みながら喋《しゃべ》られ、それがまた愛撫《あいぶ》になってしまうのだから油断ができない。新菜は首筋にぞわりと甘いものが駆け上ってくるのを感じながら、切ない吐息《といき》を漏らした。

「は……」

航洋の手がふくらみを、ふにゅふにゅと楽しむように何度も揉《も》みしだいている。

空《あ》いているほうの手は下に伸びて、新菜のショーツの上縁を辿《たど》っていた。幾度《いくど》か往復すると、指先がそっと中に入り、布をずらしていく。ある程度まで下ろし、するりとそれを足から器用に抜き取って、ベッド下に置かれたブラの上に落とした。

真裸《まはだか》にされ、羞恥心《しゅうちしん》がじわりと湧いてくる。けれどそれよりも、航洋がちゅぷちゅぷと音を立てて胸の先を舐《な》めたり、舌を絡ませたりしてくるので、そちらに反応するしかなくて、恥ずかしがる余裕すら奪われていた。

芯を抱いた先端が濃く熟した頃、ようやく胸を解放した航洋は、新菜の肢体を見つめ、またため息をつく。

「新菜こそずるいな。……至るところがこんなにきれいで可愛いなんて」

指先で新菜の身体の稜線を辿《たど》った。胸からくびれ、臍《へそ》から下腹部へ。そして薄い和毛《にこげ》まで来ると、そっと指を内腿《うちもも》の隙間へ差し入れる。

「っ、あっ」

溝の表面に触れられただけで、電気が走ったように痺《しび》れ、皮膚がぴりぴりとする。それなのに身体の中は甘く熟していき、官能の蜜を蓄えて、快楽を待ちわびていた。

はしたないと思うのに、足の力が緩み、航洋の愛撫《あいぶ》を受け入れる準備を勝手に進めていく。

「ありがとう。いい子だ」

優しい色気に満ちた声が耳を震わせた。同時に、筋張った手が足の間に捩《ね》じ込《こ》まれ、指先が秘裂を割って入ってくる。

くちゅりと、ぬめる音を立てながら。

「あんっ」

指がまだ浅瀬に届いたばかりなのに気持ちがよくて、新菜は思わず枕を握りしめていた。

航洋は止まることなく、埋め込んだ指先をぬちぬちと前後に滑らせる。往復するごとに蜜液の量が増し、慎《つつ》ましく閉じたままの襞《ひだ》から漏れる水音がいやらしく大きくなっていった。

「足を閉じないように」

そう言い残して、彼がぐい、と、新菜の両足を大きく開く。

「あ……やだぁ……」

さすがにそれは恥ずかしくて条件反射で閉じようとしたのに、航洋がそれを許してくれない。己の身体を駆使して、新菜の両足を開いたままベッドに縫いつけてしまった。

秘裂は完全に開き、塞《せ》ぎ止められていた愛液が、襞《ひだ》を伝ってとろりと流れ落ちていく。

「……めまいがしそうなほどきれいだ」

「や……」

航洋からうっとりと放たれた言葉が自分に向けられたものだと分かり、ますます新菜の身体が火《ほ》照《て》ってくる。

「っと……これ以上、ベッドに吸わせるのはもったいない」

そう口走った彼の指が、新菜の臀《でん》部《ぶ》に垂れた蜜をすくった。それを何度か繰り返した後、指にまとわりついたそれを舌で拭《ぬぐ》う。

「や……、航洋さん、きたないから……」

「これを口にできるのは俺だけの特権だから。汚いなんて、言わないで」

そう言って航洋は、新菜の濡れそぼった蜜溝にするりと指を滑らせた。

「あぁっ、んっ」

指がさらに深く沈み、襞肉《ひだにく》をゆっくりと擦《こす》り上げていく。そのたびに、新菜の腰はひくんひくんと跳ね上がる。幾本かの指で襞《ひだ》を挟んで揉《も》み込まれ、ぐちゅぐちゅと音を立てられると、どうしたって甘い声が上がった。

「あんっ、あーー……っ」

気持ちがいい。信じられないくらいに濡れてしまっている。内腿《うちもも》まですっかり蜜まみれで、少し不快に感じるほどだ。

男の人に触ってもらうのがこんなに気持ちいいなんて、知らなかった。

「……前から、こんなによく濡れる子だった？」

航洋が新菜の秘裂を弄《もてあそ》びながら耳元で尋ねてくるのを、思い切り頭を横に振って否定する。

「そ……んなこと、ない……。こんなの、はじ、めて……」

「へぇ……そうか、初めて、か」

桜田とのセックスは前戯もそこそこだった。だからベッドを濡らすほど愛液があふれたことなどなかったのだ。

桜田とが初めてだった新菜は、それが普通だと思っていた。

けれど——今、彼女の身体は航洋の手によって、確実に快楽に躍らされている。

糸でつながっているかのように、触れられればすぐに反応する身体——感情などとうに置いてきぼりだ。勝手に色づいた声を上げてしまうし、新しい蜜が後から後から湧き出て止まらない。

航洋が指の腹で溝を埋め、円を描くように愛撫《あいぶ》する。

攪拌《かくはん》された愛液が立てる音は、ぬちゃぬちゃといやらしくて。シーツに影を落とすほどしとどに濡れているのだと、新菜を責めているようで、いたたまれない。

「あぁ……あ、ゃ……ぁ」

指は埋まったまま、上へ上へと移動し、花芯の包皮をかすめた。下腹部がびくっと震える。

「やぁっ、それ、だめ……っ」

「はは……本当にだめなら、やめてあげるけど……新菜はどうしたい？」

ゆるゆると、触れるか触れないかくらいの感覚で、航洋は花芯の周りをなぞり続けている。声にも指にもいくぶん企《たくら》みを孕《はら》んでいて、新菜をわざと惑《まど》わせる。

心の底からやめてほしいだなんて、思ってもいない。もっとしてほしいに決まっている。それを分かってて聞くのだから、意地悪だ。

酷《ひど》くて、愛しい人。

(航洋さんって、こんな人だったの……？)

幻滅なんてしていない。ただただ意外で……そして、それが少し嬉しいと思ってしまう自分がいるのも意外だ。

「あ……う……、や、めないで……」

喉《のど》の奥から絞り出すように声を出すと、航洋は相好を崩した。

「うん、分かった。……もう、やめてとかだめとか言っても、やめないよ？　……その代わり、めいっぱい気持ちよくしてあげるから」

とろけそうな瞳で見つめられ、新菜の心はきゅんきゅんする。

柔らかく触れていた指が、包皮をそっとずらし、陰核を剥《む》き出《だ》しにした。間髪容《かんはつい》れず、航洋がそこにそっとくちづける。

「ひあっ、あぁっ、んっ」

全身に電流が流れたのかと思った。

しみるのに気持ちがいい、複雑な感覚が下腹部を疾駆《しっく》する。

初めは柔らかく慈《いつく》しむように、航洋は舌先で撫《な》で擦《こす》って。新菜がそこからの快感に甘い反応を返してからは、じゅ、とくちびるで吸い上げてきた。

「あぁんっ、ゃ、それ……っ」

今まで触れたことも触れられたこともなかった部分——小指の先よりもずっと小さな粒に、神経が集まり、大きく深い快感を受けとっているのが、不思議でならない。

舐《ねぶ》られて、食《は》まれて、擦《こす》られて……ありとあらゆる愛撫《あいぶ》で航洋は新菜をとろかせる。彼女は航洋の艶《つや》のある髪を、思わずくしゃりと握った。

両鬢《りょうひだ》のあわいからはだらだらと愛液が流れ落ちていく。身体中の水分が出尽くしてしまうのではと心配するほどだ。

ぬめりの助けを借りた航洋の指が、蜜口の中につぷりと差し込まれた。舌は相変わらず花芯を捏《こ》ね、指はすんなりと隘路《あいろ》を進み、膣壁を辿《たど》りながら行き来する。

「あっ、あぁっ、やぁっ、あ、あ、それ、だ、めぇ……っ」

絶え間なく愛撫《あいぶ》を注がれ、体内から何かが迫《せ》り上《あ》がってきた。その時が近いのを悟ったのか、航洋の手技が少しだけ強さを増した。けれど決して痛くはしない。快感の頂点までを後押しするような、絶妙な加減で。

最後の一押しとばかりに、ちゅう、と、陰核を吸われたその刹那《せつな》——

「あぁあっ、あっあっ……っ、んんんっ……！」

新菜の全身が打ち震えて、溶けて、そして、弾《はじ》けた。

びくんびくんと下腹部が跳ねる。

「は……、あぁ……ん……」

静けさが戻ってきた。彼女が力の入らない四肢を投げ出して乱れた息を整えていると、ゆらりと人影が動く。

「……新菜、大丈夫？」

航洋が綿菓子のようにふわりと甘い表情で、新菜を覗き込んだ。大丈夫だとうなずいた数呼吸の後、ハッと気づく。

「私……もしかして、達《い》ったんですか……？」

「初めて？」

「は、初めて……です」

これまで、絶頂を見たことは一度もなかった。だから、こうして平静を取り戻して、これが初めての頂《いただ》きだったのだと気づく。

「そうか、嬉しいよ。……でも、まだ終わりじゃないのは、もちろん分かってるね？」

航洋が自分のルームウェアに手をかけた。新菜が裸になってだいぶ経つが、今この瞬間まで、彼は一糸乱れない姿だったのだ。それが今さら気恥ずかしくなる。

すべてを脱ぎ去った彼の身体はとても美しかった。

新菜とは全然違う。固そうな筋肉で覆《おお》われていて柔らかい印象はまったくないのに、それでもきれいだと思った。しなやかで無駄がなく、目を奪われる。

見とれてしまうほど爽《さわ》やかな色気に満ちた体躯の中で、航洋が避妊具をまとわせているそこだけが、卑猥《ひわい》だ。濃厚な生命力にあふれた肉塊が、皮膜越しに脈動を見せる。

羞恥心《しゅうちしん》がぶわりと襲ってきて、新菜は思わず手で顔を覆《おお》った。

「……新菜」

呼びかける声と同時に、そっと足を掴まれる。間に身体を割り込ませた航洋がもう一度、新菜の名前を呼ぶ。

指の間から目を覗かせると、間近に彼の顔があった。瞳から重たい色香をひたひたと落としてくる。

「航洋さん……」

「新菜のここ、俺のものにしていい？」

ちゃんと潤《うるお》っているかを確かめているみたいに、数本の指が蜜口をくちゅくちゅと弄《いじ》る。

「ん……っ」と、こもった息が顔を覆《おお》った手と手の間から漏れた。

新菜はようやく手を剥《は》がすと、小さくうなずく。

「……はい」

あなたにすべてを委《ゆだ》ねます――その意思を脳が身体に言い聞かせ、力を抜いた。

緊張はしているけれど、それほど固くはなっていない。彼を信頼しているから。

ちゅく、と、航洋の切っ先が秘裂の浅瀬で水音を立てた。

いよいよ――新菜は目を閉じた。同時に、ぐぅと膣肉をこじ開けて、屹立《きつりつ》が入ってくる。

「あぁ……」

隘路《あいろ》を着実に進み、奥へと差し込まれる楔《くさび》はとても熱くて。いつも冷静で穏やかな航洋が、こんなにも焼けつくほどの熱を持っているなんてと、感動すら覚える。

少しして、新菜の内腿《うちもも》に航洋の腰骨がひたりと押しつけられた。

「全部挿《はい》入った」

そのひとことで、自分の内壁がすべて航洋の雄芯で満たされたのだと分かる。

彼が身体を重ねてきて、隙間なく合わさった。散々弄《もてあそ》ばれて熟し切った胸の先端が、彼の胸板に擦《こす》られてじくじくと疼《うず》く。

「ん……」

「痛くない、です。……なんだか、気持ちいい」

「まだ動いていないのに？」

性的快感ではなく、好きな人とひとつになれた喜びと安心感で、新菜は心地いい気分になっている。それを告げると、航洋がフッと笑った。

「俺も……新菜とこうなれて、最高に気持ちいいし……幸せだ」

「私も、幸せです」

彼がゆっくりと律動し始めたので、新菜はその背中に腕を回す。

ずっしりとした重量感の屹立《きつりつ》が、隘路《あいろ》をみちみちと占めて穿《うが》つ。そこから湧き出す快感が、新菜の思考を麻痺《まひ》させる。

「あっ……んんっ、ゃ、いい……っ」

ちゅ、ちゅ、と、頬にキスをされた後、耳の中に舌を入れられ、ぬるりと一周された。

「あぁんっ、あんっ、みみ、や……っ、だめぇ……っ」

「耳……弱いね？」

逃げても追いかけられて耳介を舐《な》められ、首筋を甘い寒気が這《は》い上《あ》がる。力が抜けて、新菜の身体はくにゃりとなった。

下腹部では雄芯がぐいぐいと蜜口に押しつけられている。切っ先が子宮口に届いて、それが驚くほど気持ちがよくて。

　身体のいたるところで快感が生まれ、全身がとろけそうだ。

「ひっ……、あっ、んっ、や、だ……っ、な、か……おかし……っ」

　セックスでこんなふうになった経験なんてない。だから、どこか自分はおかしいのではないかと心配になる。

　それなのにやめてほしくなくて、新菜は自然と、律動を繰り返す航洋の腰にしっかりと足をからませていた。

「こら、そんなに強くしがみついたら、動けないよ……気持ちいい？」

　耳にくちびるを押しつけたまま、航洋が低い声を吹き込む。壮絶な色気を孕《はら》んだ甘い声は、新菜の脳を濃密に包み込み、夢見心地にしてくれた。

「はぁ……っ、んっ、きもち、いぃ……こ……よ……さん……っ」

「……新菜、可愛い。可愛すぎて……このまま君の中で溶けてしまいたいくらいだ。可愛い。好きだ」

　航洋の手の平が新菜の火照《ほて》った頬を愛《いと》おしそうに撫《な》でてくる。温かくて、優しい手だ。新菜は頬を擦《す》り寄《よ》せて彼に応《こた》える。

「わ、たしも……すき……。すき、です、航洋さん……いっぱいして……」

　もどかしげに腰を揺らし、もっと欲しいとせがむ。強く深く、熱杭で貫《つらぬ》いてほしくて、足で彼の身体を引き寄せた。

「新菜はおねだり上手だ。……恋人としては、ちゃんと応《こた》えないといけないな」

航洋がにやりと笑い、腰をぐぐっと打ち込んだ。

「ひぁ！　……っあんっ、……っ、もっと……っ」

「は……新菜がいやらしくて……嬉しい誤算。いいよ……もっとあげる」

ねだる新菜のくちびるに一度だけキスをして。

航洋は彼女の胎内から一度抜け出る。身体を起こし、彼女の両足を掴んで広げ、ずぶ、と屹立《きつりつ》を突き入れた。そのまま激しい抽送を続ける。

熱杭が新菜の感じる部分を容赦なく擦《こす》り、途端に全身が総毛立つ。気持ちよくて、気持ちよすぎて、甘い悲鳴を上げてしまう。

「あぁっ、あっ、んんっ、あんっ、だめぇ……っ」

この高い喘《あえ》ぎ声は、本当に自分のくちびるが発しているのか——頭の端っこで、冷静な自分が羞《しゅう》恥心《ちしん》を覚えるけれど、たたみかけてくる快楽に、すぐ流される。

じゅぷじゅぷと隘路《あいろ》を穿《うが》たれるたびに、新菜の愛液がしぶいてあちこちを濡らした。

身体が官能の渦《うず》に取り込まれて弓なりになる。くるおしいほどの快感に、頭がクラクラした。

「新菜……新菜……、愛してる……！」

「ん、あ、わ、たしも……っ、……っ」

秘裂の上部で振動を受けながらぷっくりと赤く爛熟《らんじゅく》している花芯を、航洋が濡れた指先でぐちぐちと捏《こ》ねる。途端、新菜の最奥で沸騰《ふっとう》する快感が大きく膨れ上がった。

次の瞬間――

「あっ、あっ、あぁっ、や、い、く……っ、んんんーーっ!!」

媚肉がきゅうっと、膣壁に包まれた肉塊を引き絞る。肢体が幾度《いくど》も跳ね上がり、手足が震えた。

「新菜……っ、ぅ、く……!」

うねりに巻き込まれた雄熱を蜜口に数回叩きつけた後、航洋の肉体も静けさを取り戻す。

二人の乱れた吐息《といき》が収まるのと同時に、室内の濃厚な空気が澄んでいく。

静寂の中、新菜の中に留まったまま身体を落とし、航洋が彼女の額《ひたい》に何度もくちづけた。

それがくすぐったくて、でも好きだと思う。

「……疲れた?」

「ん……少しだけ。……でも、すごくよかった、です」

「俺も、最高によかった。……それに、新菜が可愛くてたまらなかった。好きだ、新菜」

新菜の乱れた髪を航洋がそっとくしけずる。表情も言葉も手つきも甘くて、どうしても照れてしまう。

「航洋さん……一つ困ったことが」

「何?」

新菜は彼の胸に顔を埋《うず》め、こもった口調で打ち明ける。

「仕事として一緒に暮らしていたのに、こんな関係になって……お仕事中にいろいろ思い出しちゃうと、こう、支障が出るんじゃないか、って、少し心配です」

こうなる前でさえ、並んで炊事をしている時などに「新婚みたい」だと軽い妄想を思い浮かべていたのに、本格的に関係が進んでしまった今、思い出すな、というのが無理だ。そこまで新菜の精神力は強くない。

航洋は一旦身体を離して避妊具を始末し、下着を穿《は》いた。その間に新菜もブラとショーツを拾い上げ、ベッドの中でいそいそと身に着ける。戻って来た航洋は新菜を抱きしめ、改めて答えた。

「その辺は、上手《うま》いこと切り替えていこう。もし思い出したとしても、仕事さえできていればいいんだよ。大丈夫だから」

穏やかな声音とともに頭を撫《な》でられると、なんだか安心できた。

10

公私ともに充実している、というのは、こういうことを言うのだろうか。

皆川航洋のバイオリズムは今、高調期のピークを迎えていた。

新菜との関係が恋人に進化し、身も心も結ばれてから一週間が経ったが、彼女との生活は何ものにも代えがたいほど幸せだ。

公私混同をするのではと、新菜は心配していた。

しかし週明けの朝、いつもと同じ態度と言葉遣いで接すれば、あまりにも普段どおりの航洋に、目をぱちぱちと瞬《また》かせて驚いたのだ。

『おはようございます、新菜さん。今日もよろしくお願いします』

『あ……こう、じゃなくて、皆川さん。……敬語なんですね』

『仕事中は今までどおりでかまわないでしょう。そのほうが切り替えられますし。……敬語抜きなのは、ベッドの中だけにしましょうね』

小声でそう言うと、新菜がポッと頬を赤らめる。可愛い。

『そうですね……はい、私もきっちり、そうします。努力しますっ』

はにかみながら両のこぶしで小さくガッツポーズを作る仕草が相変わらず可愛らしくて、その場で押し倒したくなったのは、彼女には秘密だ。

自分が一番、公私混同する危険性を孕《はら》んでいるなんて、絶対に言えない。

「――鴻島さん、いつもありがとうございます」

思い出しそうになるのを抑え、報告書を受け取った航洋は、頭を下げた。

鴻島公延《きみのぶ》は、ＭＤＲと提携している興信所、鴻島リサーチの所長だ。航洋が学生の頃からの付き合いで、ＭＤＲの公式な調査も一部委託している上、個人的なものはすべて鴻島に依頼している。航洋が全面的に信頼を置く調査員で、彼に調査のノウハウを教えてくれたのも鴻島だ。

今回もまた個人的に頼んだ調査だったため、報告書を受け取るべく、航洋は土曜日の午後に鴻島の事務所に赴《おもむ》いていた。

「いやいや、こちらこそ。うちの仕事が途切れないのは、皆川くんのおかげだから。これからもよろしく頼むよ」

報告書にパラパラと目を通して「やっぱりそうなったか……」とうなずいたところで、スマートフォンが鳴る。発信者は新菜だった。

「――はい、どうしました？」

『皆川さん、こちらに弟さんがいらしてるんですが、お通ししてもいいですか？』

「大地？　大地が来ているんですか？」

弟の大地は東京で一人暮らしをしている。時々一緒に飲みに行くことはあるが、大地が何も言わずに自宅まで来るなんて珍しい。

『はい。多分、皆川さんにもメッセージが届くと思います。どうしましょうか？』

「じゃあ、この後大地に確認したら、小坂さんに連絡します。それまでエントランスで待っていてもらってください。私もすぐ帰ります」

それだけ言い切ると、航洋は電話を切って、メッセージアプリを立ち上げる。

〝いきなり来てごめん。桜浜に用事があったから、ついでに兄さんの顔を見ていこうかと思って。都合が悪いなら帰るよ。インターフォンから女の人の声が聞こえたからびっくりした。住み込みのハウスキーパー雇ってるんだね〟

驚いたようなメッセージが入っていたので、すぐに帰宅するから部屋に上がっていてくれとリプライを返した。そして新菜にも大地を部屋に通すようにと送る。

鴻島リサーチは桜浜駅から二駅なので、さほど待たせないだろう。

駅ビルでケーキをいくつか買ってから、マンションに急いだ。

うっかりインターフォンを鳴らすのを忘れて玄関を開けた直後、奥のＬＤＫから弾《はず》んだ話し声が耳に飛び込んでくる。ドアを閉めると、その音に気づいたのか会話は止み、パタパタと足音が聞こえ、新菜が姿を見せた。

「航洋さん、おかえりなさい。早かったですね。さっき、大地さんにお茶をお出ししました」

「あぁ、ありがとうございます。……これ、お茶請《ちゃう》けに出してください。大地はここのケーキが好きですから」

「分かりました」

航洋はケーキの箱を新菜に手渡すと、寝室に荷物とスーツをしまい、着替えてからリビングに向かう。

「いきなり来てごめん、兄さん」

航洋を見るや、大地はティーカップをソーサーに戻し、手を上げた。

大地は航洋よりも優しい顔立ちをしており、性格も穏やかだ。

幼い頃から女の子に人気があったのにそれを鼻にかけない、誰にでも優しい弟を、航洋はとても可愛がっている。

「珍しいな、大地。何かあったのか？」

「いや……桜田の件だよ。なんか迷惑かけちゃったみたいで、ごめん」

大地が言うには、学生時代の別の友人から、桜田が会社で元カノを嵌《は》めて退職させたという噂《うわさ》を聞き、自分のせいではないかと気に病《や》んでいたそうだ。

航洋が家路を急いでいる間に、新菜との会話の中でその話題を出したところ、自分のことだと彼女がカミングアウトしたので、気まずさが天井を突き抜けそうになったらしい。

転職を航洋に助けてもらったと新菜から聞き、ホッとしていたところだと言う。

その時、新菜が航洋の紅茶とケーキをリビングのローテーブルに置いてその場を離れようとしたので、航洋は彼女を呼び止める。

「新菜、こちらへ」

自分の隣を指し示した。新菜は少しの間逡巡《しゅんじゅん》した後、おずおずと隣に腰を下ろす。同時に、航洋は彼女の腰に手を回した。

その一連の流れを目撃した大地が、目を丸くする。

「え……もしかして、二人って、そういう関係だったりする？」

「そういうこと。結婚を前提に付き合っているから、大地もそのつもりでいてほしい」

「へぇ～、そうなんだ。兄さんついに結婚を意識し始めたんだな。今まで全然興味なさそうだったのに。どうりで兄さん、表情が前と変わったよ。なんかこう、幸せなオーラが出てる。俺は嬉しい」

大地が心底喜んでいるように見えて、航洋も嬉しくなった。

「——新菜さん、でしたっけ？　俺、こんなにデレデレしてる兄を見たの、初めてです。これからも兄のこと、よろしくお願いします」

「あ、はい！　こちらこそ、よろしくお願いします」

新菜がぺこりと頭を下げると、大地はにこっと笑い、それから航洋のほうへ身を乗り出してくる。

「話は変わるけど、桜田が婚約してたの、知ってる？　兄さん」

「あぁ、知ってる。それがどうした？」

大地はわずかに躊躇《ためら》いを見せた後、静かに切り出した。

「——婚約破棄、したらしいよ」

「えっ」

新菜が声を上げる。

「正確には、婚約破棄された、らしい。友達が言うには、あいつの素行がかなりよろしくなかったみたいでさ。婚約者の両親や親族が大反対したんだって」

「そうなんですか……」

彼女は驚いているようだった。

それはそうだろう。先日ばったり会った時に、桜田はウェディングドレスを選んでいるだのと得意げに話していた。その矢先にこれである。

「一応兄さんも知っておいたほうがいいかと思って、寄ったんだけど。まぁ、もう関係ないからいっか。この話はおしまい！　そんなことより、兄さんと新菜さんのことを聞かせてよ」

ケーキを食べながら、二人のことを根掘り葉掘り聞かれ、新菜は面食らっていた。三十分ほど談笑した後、大地は暇乞《いとまご》いをする。

新菜にはリビングで別れを告げ、玄関までは航洋が見送った。

「……兄さん」

大地が航洋に手招きをする。顔を寄せると、声のボリュームを落とした。

「兄さん、桜田の婚約破棄のこと、驚いてなかったね。……知ってたんだ？」

「今さっき、鴻島さんから聞いてきた」

「やっぱり知ってたかー。……俺、今回、友達からいろいろ桜田のことを聞いてびっくりしてさ。そんな奴には見えなかったから。依頼のこと、ほんとごめんね、兄さん」

人の好い大地は、肩を落としている。

桜田が新菜のことで航洋のもとを訪れた件を言っているのだろう。大地が桜田を航洋に紹介したのがすべての始まりだったから。

今となっては遠い昔のことのようで、すっかり忘れていた。

航洋は大地の肩にポン、と手を置く。

「大地のせいじゃない。気にするな」

「ありがとう。それでさ、婚約破棄のことでとばっちり食わないよう、新菜さんのこと、気をつけてやって。それが言いたかった」

「分かってる。手はもう打っているから大丈夫だ」

その言葉に、大地はホッとした表情で笑った。

「ほんとに？　さっすが兄さん。ぬかりないね。……新菜さんと幸せにな」

「ありがとう、大地」

手を振る弟の背中を、航洋は薄く笑って見送る。ＬＤＫに戻ると、新菜が大地の分のカップや皿をすでにキッチンへ運んでいた。

「航洋さん、お茶のおかわりはどうします？」

「あぁ、いただきます」

淹《い》れたての二杯目の紅茶を口に運び、航洋は新菜に手招きをする。さっきと同じように、彼女は隣に座った。

「――私が帰って来た時、ずいぶん楽しそうに会話をする声が聞こえてきましたけど、何を話していたんですか？」

玄関まで聞こえるくらいの笑い声だった。初対面の二人の会話がそこまで盛り上がるなんて、よほどのことだ。

「あぁ……あれは、航洋さんのお話をしていたんです。小さい頃からものすごく大地さんのことを可愛がってくれて、お父さんみたいだったって。大地さんがいじめられた時も鬼のように怒って、逆にそっちが怖かった、って」

確かに可愛がった。父がいない分、自分が弟を守らなければといつも思っていたから。あまりの可愛がりように、周囲からはブラコン兄貴と言われたこともあったくらいだ。

「私を肴《さかな》に盛り上がっていたのですね。……まったく、油断も隙もないですね、大地は」

「いい弟さんじゃないですか」

「それはそうと。……私が帰って来た時、あまりに二人の話が盛り上がっていたので、嫉妬《しっと》しました」

紛《まぎ》れもない本音を、臆面もなく言い放つ。

大地と新菜は二人とも純粋で性格がいいので、お似合いとも言える。自分よりも釣り合っているのが分かるので、余計に新菜に対する独占欲が働いたのだ。

あからさまに拗《す》ねてみせると、新菜が目をぱちくりとさせた。

「あ……もしかして、ヤキモチ焼いていたから、わざと私を隣に座らせて、腰に手を回していたんですね？」

「……分かりましたか」

新菜と大地を二人きりにするのがなんとなく嫌で、大地に連絡をしてから家路を急いだ。それでもちゃんとケーキを買って帰ったのだから、理性的だったと自分では思っている。

家に入る前にいつも鳴らしていたインターフォンを、この時ばかりは忘れてしまったが。

「あれ、恥ずかしかったです。……でも、ヤキモチは嬉しいです。私だって、芽衣子ちゃんに嫉妬《しっと》してましたから」

新菜がくちびるを尖らせた。

その姿がまた可愛い。可愛いの具現化だ。

「新菜のヤキモチも嬉しいです。どんどん焼いてください」

満足して笑って告げると、新菜が表情を変えた。少しばかり深刻さを帯《お》びている。

「そういえば……桜田くん、婚約破棄したって本当なんでしょうか」

「本当らしいですね」

「……」

「何か思うことがあるんですか？」

航洋は新菜の顔を覗き込む。

彼女はほんのりと口角を上げ、ふるふるとかぶりを振った。

「いえ、全然。桜田くんが振ってくれたから、私、航洋さんに出逢えたし、今、すごく幸せなんですもん。だから、何も思いません。私には関係のないことだし」

「そうですね、あちらはあちらですから。私たちは私たちで仲良くしましょう」

言い終える前にはもう、航洋の手は新菜の服にかかっていた。「え？」と驚く彼女の顔にちゅ、ちゅ、と、何度もキスをする。

「え、あの、航洋……さん？」

「……なんですか？」

あれよあれよという間に新菜の服を剥《は》ぎ取った航洋は、彼女が疑問の声を上げる前に、そっとその場に押し倒す。

「……仲良くするって、そういう意味……ですか？」

下着姿が恥ずかしいのか、もじもじと身体をくねらせた新菜は、下から航洋を見上げ、小声で尋ねてきた。

「恋人同士が仲良くするのに、これよりいい方法があったら教えてください」

艶《つや》めいた笑みを浮かべた航洋もまた、小声で質問を返す。その間にも、彼の手は新菜を生まれたままの姿に戻して、胸の先端をきゅっと摘まんだ。

「あっ、んっ」

柔らかかった無垢《むく》な天辺が、すぐに硬くなる。敏感に反応して漏れる悩ましげな声に、愛《いと》おしさが込み上げた。

「可愛い、新菜……」

ふくらみを手中に収め、ふにふにと捏《こ》ねる。航洋の大きな手にはちょうどいい大きさと張りだ。

白くなめらかな肌の上で、薄紅《うすくれない》の乳嘴《にゅうし》が慎《つつ》ましやかに存在を主張している。無垢《むく》な可愛らしさの中にほんのりと色気が匂い立つ様《さま》が、なんだか新菜そのものだと思う。

手で、くちびるで、舌で、しばらく胸の感触を楽しんでいると、新菜が全身をふるふると震わせた。

「う、ぁ……、ゃ……っと、……って……」

「ん？　何？　どうしてほしい？」

「……もっと、触って」

「どこを？」

相変わらず柔らかな胸を手で好き勝手にしながら、航洋は尋ねる。新菜は羞恥《しゅうち》に苛《さいな》まれているのか、顔を両手で完全に覆《おお》ってしまったものの、隠しきれていない頬は完全に熟して真っ赤だ。可愛い。

「下のほう……」

「下がいいの？」

仰《おお》せのとおりに――呟《つぶや》きながら、航洋の手が肌の上を滑り、お臍《へそ》に辿《たど》り着く。小さなくぼみに指を埋め、くにくにと穿《うが》つ。

「やっ、ん……っ、そこ、じゃな、くて……っ」

いやいやと頭を振りながら、新菜が航洋の手を押さえてくる。

「じゃあ……どこ？」

「っ、もぅ！　分かってるくせにぃ……航洋さん、い、じわる……っ」

「はは、ごめんごめん。……ここ、だね？」

　問答をしている間に航洋が膝で開いていた新菜の内腿《うちもも》の奥は、濡れた光を宿しながら彼を誘って蠢《うごめ》いていた。

　航洋は遠慮もなしに、そこへにゅる……と、指を沈ませる。

　愛撫《あいぶ》するまでもなく、両襞《りょうひだ》はすでに豊かな蜜液を滴《したた》らせていた。

「あぁっ、っ、やぁん……っ」

　ぐちゅぐちゅと蜜音をかき鳴らすと、あふれた愛液が新菜の内腿《うちもも》を伝い落ちていく。

「や……っ、ソファ、汚れちゃ……っ」

　革張りのソファだ。濡らすとメンテナンスが大変なので、彼女はそれを気にしているらしい。

「そうか、じゃあこうしよう」

　航洋は新菜を起こして背もたれにつかまらせ、座面に膝立ちをさせた。それから己の前を寛《くつろ》げ、リビングのキャビネットから避妊具を取り出し、手早くつける。

　屹立《きつりつ》は痛いほどの硬度で、新菜の媚肉のぬくもりを待ち望んでいた。

「新菜……そのままでいて」

　後ろから彼女に覆《おお》いかぶさるようにして背もたれをつかみ、それから熱杭を彼女の蜜溝に沿わせ、にゅちゅにゅちゅと襞《ひだ》を擦《こす》り上げる。

　時折花芯を掠《かす》めると、新菜は腰を逸《そ》らして淫《みだ》らな悲鳴を上げた。

「あぁぁっ、ふぁ……っ」

「……気持ちいい？」

耳元で尋ねた言葉に、「んっ」と返事ともつかない声を出し、小刻みにうなずいている。

航洋はしばらくの間、表面を均《なら》すように前後に擦《こす》った。

一見すると、すでに後ろから穿《うが》っているように思えるだろう。擬似的な律動は視覚を煽《あお》ってはくるものの、感覚的にはじれったい。

それは新菜にとっても同じなのか、もどかしげに腰を揺らしてくる。

「ぅ……こ、うよ……さ……」

「ん？」

「……わ、たし……もぅ……」

「どうしてほしい？　言ってくれたらなんでもしてあげるから」

言っている最中も、航洋の切っ先は膣内に沈み込むと思わせて入っていかない。あくまでも愛撫《あいぶ》するのは、襞《ひだ》のあわいばかりだ。

それならば花芯だけでもと思うのだろう、新菜は自分でなんとかして届かせようと位置を合わせにくる。それを航洋はわざとはずした。

その上で、問いかける。意地悪をしている自覚はあった。

でも新菜には、こういう愛し方もあるのだと知ってほしい。セックスには時に駆け引きも必要なのだと。

ただ航洋の場合――単に新菜が可愛くて可愛くて仕方がないから、つい意地悪をしたくなってしまうだけで、彼女相手に駆け引きをしている余裕なんてまったくないのだけれど。

腰を前後に強めに揺さぶると、そのたびに雄芯に抉《えぐ》られた愛液が飛沫となって座面に散る。おそらく新菜はソファの惨状に気づいていない。

「新菜……まだ挿入《いれ》てもいないのに、信じられないくらいぐしょぐしょだ」

新菜も航洋も、まだつながってもいないのに下半身は蜜まみれだ。こんなにずぶ濡れになるほど彼女を気持ちよくしてあげられているのかと思うと、航洋自身もどうしようもなく昂《たか》ぶってしまう。

（あぁ、たまらない……）

さすがに限界を感じ、今すぐ突き入れてしまおうと動きを緩めたその刹那《せつな》――

「や……っ、もぅ……い、れてよぉ……っ」

寸止めのような仕打ちに耐えられなくなったのか、ついに彼女のくちびるから降参の声が上がる。

航洋の首筋にゾクゾクと愉悦が這《は》い上《あ》がってきて、全身にぶわりと鳥肌が立つ。

欲望に陥落《かんらく》した新菜があまりに蠱惑《こわく》的で、愛《いと》おしくて、胸が痛くなる。

「は……俺ももう、我慢できない」

航洋は新菜の尻たぶを手で開き、とろとろに溶けきった蜜口にぐっと屹立《きつりつ》を突き立てる。彼女の隘路《あいろ》の締めつけは、この上ない快楽を彼にもたらし、我を忘れさせた。

この後、ソファで一回、ベッドに場所を移して二回――夕食を取る間も惜しんで、愛する女性《ひと》を貪《むさぼ》った。

その日の夜中――新菜が恥ずかしそうにソファを掃除していた姿がまた可愛らしくて、うっかり襲いそうになったのは誰にも秘密だ。

＊＊＊

航洋が調査会社を開業したのは、大地がきっかけだ。

彼が大学二年生の頃、中一だった大地のクラスでいじめ事件が起こった。大地は事件には関わっていなかったのに、いじめグループが大地を首謀者に仕立て上げたのだ。

おとなしめの美少年で誰にでも優しく平等に接する大地が気に障《さわ》ったのか、グループはさも彼がいじめをしていたような工作をし、当時流行《はや》っていた学校裏サイトで噂《うわさ》を流した。

そして、周囲は「おとなしそうな顔をして」と、大地を責めたのだ。元々いじめられていた生徒まで、グループから脅されていたのか、大地が首謀者だと主張する。

味方がほとんどいなくなり、大地は段々と元気をなくしていった。

弟の変わりようを疑問に思った航洋は、貝のように口を噤《つぐ》んでいた大地を根気よく説得し、事情を聞き出す。

ぽつりぽつりと語られた真実を聞いた航洋の怒りは、かなり凄《すさ》まじかった。まるで鬼神のようだったと、後に大地が苦笑いで話すほどだ。

頭の中で憤怒《ふんぬ》をグラグラと沸騰《ふっとう》させながらも、あくまでも冷静だった航洋は、まずネットで興信所を検索する。

すぐに小規模ながらも評判のいい興信所を見つけた。それが鴻島リサーチだ。

航洋はその日の内に事務所を訪ねた。

この時の鴻島公延との出逢いが、航洋の人生を変えることになる。

鴻島にこれまでの経緯を話し、いじめグループを情報的に丸裸にして弟の無実を証明したいと依頼する。

自分にできることならなんでもすると、熱量高く訴えると、鴻島は快く引き受けてくれた。

「まずは大地くんにICレコーダーを持たせて、証拠を録音しよう。今は小型で高性能のものがいくらでもある。相手に気づかれないような形のものを、制服の上下に一つずつ、鞄《かばん》に一つ。毎日充電とデータ移動を忘れずにね」

鴻島は、航洋が大地から聞き出したいじめグループのメンバーといじめられていた生徒の情報を元に、彼らの素行を調査するという。

そこからの航洋は、今でも鴻島が話のネタにするほどの行動力を発揮した。

大地には、持ち物に危害を加えられたら、写真を撮るのでそのまま持ち帰ってくるように伝える。

学校裏サイトで大地の悪口を流している生徒を探し出し、同調する姿勢を見せつつ、さりげなく相手の個人情報を引き出すような話を振った。

所詮は中学生の底の浅い悪知恵だ。調査のプロがバックについている大学生が言葉巧《たく》みに誘導すれば、ある程度のボロは出す。

ほんの小さな欠片《かけら》でも、集めれば大きなものになり、結構な証拠が集まった。

しかしネットの証言では到底不十分だ。

そこでものを言うのが、興信所の調査によるいじめグループの素行だ。彼らがいじめをしている人間だという裏づけと説得力の補強には、これが不可欠だった。

当然と言えば当然だが、彼らのいじめのターゲットは大地だけではない。

気の弱い生徒を何人も脅しカツアゲをしている様子が動画でバッチリ撮影された。

鴻島が集めた動画の中には、喫煙をしていたり、公園で性行為をしているものまであったというのだから、さすがプロだと航洋は感心した。

大地に取りつけたICレコーダーもいい仕事をする。

彼には、いじめグループから自白を引き出すようなやりとりを、鴻島がレクチャーしていた。そのお陰で、あっさりと言質《げんち》を取ることができたのだ。

集まった数々の証拠は、鴻島から教わりながら航洋がまとめていった。

そうして出来上がった反撃の材料は、鴻島も感心するほど完璧なものとなる。

そして航洋は母とともに、鴻島が懇意《こんい》にしている弁護士を伴い、大地の中学校を訪れたのだ。

学校側は大慌てでいじめグループの保護者に連絡を取ると、改めて話し合いの場を設けてくれた。

いじめグループの保護者は当然、自分の子供たちの所業を否定する。けれど証拠の動画と音声まで提示されれば、ぐうの音も出ない。

航洋は、元々いじめられていた生徒にも弁護士同伴で接触した。味方になるからと説得して、ようやく本当のことを話してもらった。

こうしてグループのメンバーは今までの悪行を暴かれ、大地の無実は証明されることとなる。

証拠は航洋が保管し、今後大地に危害が加えられるようなことがあれば、即座に法的手段に出ると、釘を刺した。

大地には平和が戻ってきて、航洋も安堵《あんど》する。

こうしてすべてが終わり鴻島にお礼を述べた時に、意外な申し出があった。

「皆川くんさぁ、うちでバイトしない？　探偵って個人の資格は要《い》らないし、興信所にとっては人材を各種取りそろえておくと、調査する時に便利なんだよね。中には中学生を使ってるところもあるくらいなんだから。君は絶対、調査員の素質あるよ」

確かに鴻島の助手のように動いていた時、大地のために必死という以上に、充実したものを感じていた。鴻島の人柄に助けられてもいる。

結局、航洋は大学在学中、鴻島リサーチで調査員兼事務員としてアルバイトをした。

そうして、卒業を翌年に控《ひか》えたある日、航洋は興信所を大きくするつもりはないのかと鴻島に聞く。

「今のままのほうが自由に動けるからなぁ。皆川くんが調査会社作って、うちと提携してくれたらそのほうが助かるかも」

そう返ってきたので、在学中から準備を始め、卒業と同時に公安委員会に探偵業の届出をした。

これが皆川データリサーチの始まりで、その後順調に業績を伸ばし、現在の姿となったのだ。

＊＊＊

「そうなのよ、会社でも噂《うわさ》になってるの」

慶子がビールを呷《あお》った後、唐揚げを口にした。同じく紗良がビールを飲んだ後、ぷは、と息をつく。

「自業自得だよ、ざまぁだわ」

新菜が慶子と紗良と会うのは、海堂エレクトロニクスを退職してから初めてだ。今は、会社の近くの居酒屋で三人で飲んでいる。

乾杯をした後に話題に上ったのが、桜田の婚約の件だった。

慶子たち曰《いわ》く、桜田の婚約破棄の件は瞬《また》く間に社内を駆け巡ったそうだ。婚約した時にあれほど自分で言いふらしていたのだし、相手は同じ社内の女性、しかも知る人ぞ知るお嬢様で美人だ。話題性は抜群で、破局が知れ渡るのも仕方がない。

今回は篠山乃梨子サイドからの婚約破棄だそうだが、理由が理由なので婚約不履行で訴えることもできず、桜田はただただ腐っているらしかった。

さらには、桜田が乃梨子と婚約するために新菜を貶《おとし》めたことも、真実として噂《うわさ》になっているそうだ。

だからなのか――

「桜田、婚約破棄は新菜のせいじゃないか、って疑ってるみたい。あちこちでそう言いふらしてるわよ」

「私も聞いたよ、その話。新菜が振られた腹いせに、仕組んだとか言ってたらしいよ」

「何それぇ！　ありえない！」

二人の言葉に、新菜は目を剥《む》いた。

「だよねぇ。新菜は今、幸せいっぱいなんだもんねぇ、桜田なんか洟《はな》も引っかけないっての」

紗良がニヤニヤして新菜を指で突いてくる。

彼女たちには、航洋と付き合い始めたことを話した。雇用主と交際していると知り二人は驚いていたけれど、祝福してくれている。

「逆恨みも甚《はなは》だしいわよ。……でもね新菜、気をつけたほうがいいかも。新菜を平気で貶《おとし》めるような奴よ。婚約破棄を新菜のせいだと思い込んでるなら、仕返ししてくるかも」

仕返しされる筋合いなどないのだが、何しろあの桜田だ。慶子の言うとおり、何かしてきてもおかしくはない。

「うん、気をつけるね」

新菜は呟《つぶや》いた後、ビールを口にした。

(私はともかく、航洋さんには迷惑をかけたくない)

とはいえ、新菜ができることといえば、桜田と出くわさないことくらいだろうか。仮に会ったとしても近づかずにすぐ逃げればいい。

あとはなるべく海堂エレクトロニクス近辺はをうろつかないようにしよう。

それからは退職した後の職場の話、そして新菜の近況報告などをして、その日は終わったのだった。

＊＊＊

「うっそ……航洋さんの誕生日、来週じゃない」

その日、新菜はリビングで数ヶ月前に発売されたビジネス誌を読んでいた。

航洋がインタビューを受けている記事が掲載されているものだ。彼の顔写真はやっぱりＮＧで、後ろ姿だけが掲載されているが、内容は興味深く読ませてもらった。

最後にもう一度最初のページに戻り、航洋の簡単なプロフィールの欄を見た時、彼女は思わず声を上げる。

そこに彼の誕生日が書かれていたのだが、それが一週間後の週末、九月二十八日だったのだ。今、この瞬間まで知らなかった。

「航洋さん、教えてくれればよかったのに……」

そう呟《つぶや》いて、新菜はすぐに前言を取り消す。

「ううん……私が聞けばよかったんだ」

なんならここで暮らすようになった時にでも、さりげなく聞いておけばよかった。

一つ屋根の下で暮らして、彼の生活の手伝いをしているのだ。たとえ付き合っていなかったとしても、航洋の誕生日にはいろいろしてあげたいと思ったに違いないから。

あぁ、一生の不覚。

「プレゼント買わなきゃ。あとケーキも作って……あ、でも、ヴィラ・ベルザで買ったほうが喜ばれるかなぁ……」

とにかくまずはモールへ行き、プレゼントを物色しようと決めた。土曜日だが、幸いにも航洋は知人と会うために外出している。気づかれずに出かけるなら今だ。

「よし！　……いろいろ見てこよう。もし決まらなかったら、航洋さんに何が欲しいか聞けばいいや」

レストランやスーパーを見て回れば、当日のごちそうのイメージも固まるだろう。

新菜は立ち上がり、身支度を軽く整えてからマンションを飛び出した。

「本当は東京《とうきょう》にも行きたいけど……桜浜でも大丈夫かな」

桜浜駅周辺には都心にも劣らない施設や店舗がそろっている。航洋へのプレゼントを選ぶのも、ここでこと足りるはずだ。

新菜は東京へ出るのをやめ、シーサイドタワー桜浜のショッピングモールへ向かった。マンションからはエントランスを抜けたところに連絡通路があるため、すぐに到着する。

セレクトショップやブランド店など、あちこち見て回った。アクセサリー、服、時計、財布、お酒などなど、候補はいろいろ出てくるものの、どれも決め手に欠けている。

「はぁ……路面店も見てみようかなー」

駅から伸びている大通りには、有名ブランドの直営店も並んでいる。個人経営のショップもあるので、見に行く価値はあるだろう。

新菜はモールから通りに出て、歩き始める。

土曜日なので、いつもより会社員の行き来は少なく、私服の人たちが多い。もちろんカップルもたくさんいる。

「いいな……私も航洋さんと歩きたい……」

そんなことを思った矢先、海外のジュエリーブランドのショーウィンドウが目に入った。足を止め、キラキラと輝くディスプレイに見入る。

目に留めたのは、マリッジリングだ。

「きれい……」

ピンクゴールドのマリッジリングは、サイズの違うものが二つ並んで配置されている。

『私と結婚を前提にお付き合いしてくれますか？』

告白された時、航洋は新菜にこう言ってくれた。大地にもそう宣言してくれた。彼の気が変わらなければ、いつかはそうなるかもしれない。

新菜も女性だ。こういうものへの憧れは少なからずある。いつかは結婚指輪を身につけたいし、ウェディングドレスも着たい。

ただ、それはまだまだ先の話だ。

「まずは、誕生日プレゼントだ！」

よし、と気合を入れて、歩き始める。何軒か見て回った後、個人経営の革製品のショップに入ってみようと、店舗の前で立ち止まった時――

「小坂さん？」

名前を呼ばれ振り返ると、女性が立っていた。見覚えのある顔だ。

「あー……前川、さん？」

海堂エレクトロニクス総務課の前川リカだった。桜田に振られた時に、経理課まで乗り込んできて新菜に詰め寄ってきた『総務課の女王様』。あの日から顔も見ていなかったので、一瞬分からなかった。

相変わらずのきつめの美人の彼女には、いい思い出がまるでない。できることなら関わりたくないのだが。

しかし前川はいつもの表情を弱々しく曇《くも》らせていた。

「小坂さん、あの時はごめんなさい」

頭を下げ、謝罪の言葉を口にする。

「な、何がですか……？」

「小坂さんの噂《うわさ》が流れた時に、一方的に責めてしまったでしょ？　あれから小坂さん辞めちゃって……私、後悔してたの。本当にごめんなさい」

しおらしい態度で何度も謝ってくるので、新菜は少し気まずく思う。

「あ、あの、私もう、気にしてないですから。頭上げてください」

前川の肩に手を置くと、深めの襟《えり》ぐりが少しずれた。胸元に肌色で幅広のサージカルテープが見える。以前も確か同じところに貼ってあったのを思い出した。

(ケガ、してるのかな……)

少しだけ気になったものの、まさか尋ねるわけにもいかないので、そこはスルーする。

「小坂さん……ここで会えたのも何かの縁だと思う。私……あなたに相談したいことがあるの……桜田くんのことで」

その名前を聞いて、新菜は目を見張った。

「何か……あったんですか?」

小声で尋ねると、どこか焦燥感《しょうそうかん》を漂《ただよ》わせた前川が、こくん、とうなずく。

「もしよければ、少し時間もらっていい? ここじゃなんだから、どこかお茶できるところで話したいの。……誰にも聞かれたくない」

あまりに必死な様子なので、断れない。とりあえず話だけでも聞いてあげようと、新菜は具合の悪そうな前川の背中を擦《さす》った。

「向こうに、私がよく行くカフェがあるの……そこでいいかしら」

前川が路地を指差す。革製品ショップを右に折れた数十メートルのところに、確かにカフェの看板が見える。

二人はそちらへ向かった。

カフェは比較的新しく、清潔感のある店構えだ。前川はドアを引いて中へ入っていく。新菜も後に続いた。

中に客の姿はなく、二人だけだ。少しして店員がお冷やとおしぼりを持ってきたので、二人ともアイスティーを頼んだ。

「それで……話ってなんですか？」

店員がカウンターへ向かうのを待ってから、新菜は前川に尋ねる。

「うん……桜田くんの結婚の話がなくなったの、知ってる？」

「あー……はい、相馬さんから連絡があって、聞きました」

本当は大地から聞いたのだが、航洋たちを会話のネタに巻き込むのは気が引けたので、慶子から聞いた体《てい》で返した。

「あれ……多分、私のせい、なんだ。私……妊娠してるの。桜田くんの子供」

「えぇっ！　……っと、ごめんなさい」

前川の衝撃的な告白に、思わず大声を出してしまい、慌ててボリュームを下げる。

彼女が妊娠をしていることにもだが、それ以上に桜田と関係を持っていたことに驚いた。新菜と付き合っていた頃からの仲なのだろうか。

今となっては、そっちはどうでもいいが。

「私、桜田くんに妊娠していることを打ち明けたの。そしたら、俺は結婚するんだから中絶しろって言われて……。そのことがどこかから漏れたのかもしれない、って思って……。これが知られたら私、桜田くんにどんな目に遭《あ》わされるか……」

泣きそうな声で言葉を紡《つむ》ぎながらうつむく前川に、新菜は桜田への憤《いきどお》りを感じずにいられなかった。付き合っている女性を妊娠させておきながら、他の人と結婚するから中絶しろだなんて、酷《ひど》すぎる。

その時、ちょうどアイスティーが来た。前川が自分の分にガムシロップを入れたので、新菜も入れる。ストローを差して、それを口にした。

「……っ」

ひとくち口に入れた瞬間、猛烈な違和感を覚える。新菜は慌ててグラスを離し、そばにあったおしぼりに、口の中の液体を吐き出した。

「前川さん……これ、なんだか味おかしくないですか？」

明らかに紅茶特有のものではない苦さが、新菜の舌を刺す。グラスを持ち上げ、中身を矯《た》めつ眇《すが》めつ眺めた。

「普通のアイスティーよ？　……飲まないの？」

前川はストローからごくごくと紅茶を飲んでいる。

彼女に勧められたものの、新菜はもう、飲む気にはなれなかった。どう考えても自分の知るアイスティーの味ではない。

「ごめんなさい……ちょっと苦手な味で」

新菜は両手を上げて、降参の姿勢を見せた。

すると前川は一瞬目を細め、そして――

「あーあ……なんかバレちゃってるみたいよ～？」

呆れたように吐き捨て、後方に視線を送る。すると、カウンターの脇にあるスタッフルームの扉が開き、男が三人出てきた。

その中の一人に、新菜は見覚えがあった。

「さ、くらだ、くん……」

確かに桜田だ。

しかし会社で見るような愛想はまったくなく、新菜を振った時の高慢な表情ともまた違う、目が据《す》わってどこかやさぐれた雰囲気をまとっていた。

彼はチッと舌打ちをし、新菜を睨《にら》みつける。

「こいつはそういう女だったよ。変なところで味に敏感でさぁ。無味無臭なはずなのに、気づきやがった」

「え……何か入れたの？　アイスティーに……」

新菜はもう一度、グラスを持ち上げた。

一見すると何かが混入しているようには見えない。味が変でなかったら気づけないだろう。

「レイプドラッグだよ、レイプドラッグ」

「え……」

その言葉を聞いた瞬間、新菜の背筋に冷たいものが走る。さらには、血の気が引いていくのを感じた。

「新菜おまえ、皆川と組んで俺の結婚ぶち壊しただろ？」

「っ、そ、そんなことしてない！　……大体、会社やめてから、桜田くんのことなんて忘れてたし」

後半は少々小声になってしまったが、本当のことだ。

「嘘つけよ！　おまえが何かしなきゃ婚約破棄なんてことにはならなかったんだよ！　……絶対許さないからな」

やっぱり逆恨みされていた。慶子たちが言ったとおりだ。理不尽にもほどがある。

新菜はとっさに前川を見た。

彼女は新菜を助ける素振りなど見せない。それどころか、桜田のそばに立ち、虫ケラを見るような目つきで新菜を睨《ね》めつけている。

「前川さん……私のこと、騙《だま》したの？　妊娠した、っていうのも、嘘……？」

「やだぁ、今頃気づいたの？　おっそ！　気づくのおっそ！　その様子じゃ、あんたの浮気現場を撮ったのが私だったことも気づいてなかったでしょ？」

あははは！　と、彼女は高らかに笑った。新菜と会った時にまとっていた悲壮感など、今は微《み》塵《じん》も見当たらない。

桜田に嵌《は》められた時に証拠にされた、航洋との写真——あれを撮影したのは前川だったようだ。

新菜はまったく気づいていなかった。彼女が桜田と通じていたことすら知らなかったのだから、仕方がない。

「本当は薬飲んで意識をなくしたところを、みんなでやっちまおうと思ってたんだよなぁ。……でも予定がくるった。しゃあない。……リカ、ロープ」

桜田が前川に指示をする。

新菜はバッグを掴み、カフェのドアへ向かおうとした。しかし、そこにはすでに男がいて、出入り口を塞《ふさ》いでいる。どうやら施錠もされてしまったようだ。いつの間にか、外に面した大きな窓にはロールスクリーンが下ろされていた。

「逃げようとしても無駄でーす」

チャラチャラした服装の男が下卑《げび》た笑みを浮かべ、新菜の肩を掴んだ。

「や、めて！」

「おまえが悪いんだよ！　俺を嵌《は》めるからだ、バカ女」

身に覚えのないことで復讐されるなんて、理不尽極まりない。そもそも桜田のほうが新菜を嵌《は》めたというのに。

だんだんと腹が立ってきた。

潔白どころか、もはや彼に対しては無関心でしかないのに、何故《なぜ》こんなことをされなければならないのだろう。

「……でしょ」

「はぁ？　なんだよ？」

桜田が不遜《ふそん》な態度で近づいてきたので、新菜は声を荒らげた。

「バカはそっちでしょ!? 大体桜田くん、なんなの？ 付き合ってる時からお金は出さないし、見栄っ張りのくせに汚部屋《おべや》だし！ 自分に甘くて嘘ばかりついてるし！ おまけに人の浮気をでっち上げてビッチ呼ばわりするし！ 別れる時に私に吐いてた暴言、全部桜田くんのことだよね!? 何股もの浮気をしてたのも、私からお金を搾取《さくしゅ》してたのも、味覚音痴《おんち》なのも、全部全部桜田くんじゃない！ 婚約破棄されたのだって私のせいじゃない、自分の素行のせいでしょ!? もういいかげん、誰かに責任転嫁ばかりしてないで現実見たらどうなの？ はっきり言って、私はもう桜田くんのことは眼中にないし、いちいち突っかかられると迷惑なの！」

ここまで言い切って、新菜は大きく息を吸い込んだ。半分くらいはすっきりしている。

けれど、本当はもっともっと言いたい。

桜田とのセックスで気持ちよくなったことなど、ほとんどなかった。

航洋との睦《むつ》み合《あ》いでは、全身がとろけそうになるほど溺《おぼ》れられるのに。それは新菜がマグロなのではなく、桜田が下手だったからではないか。

入れて出すだけなら猿でもできる——そう言ってやりたかったものの、さすがに下品なのでやめておく。

新菜の叫びに、桜田が再び大きく舌打ちをした。

「おい、カメラセットしとけよ」

隣の男に指示をすると、無言で新菜の頬を張る。

「!! っ、いった……」

強く叩かれ、目の前に星が散って頭がクラクラした。口の中を噛まなかったのが、不幸中の幸いだ。

「言いたい放題言ってくれたじゃん。でもさすがにこれから自分の身に何が起こるか考えたら、声も出なくなるんじゃね？」

桜田が鼻で笑った。

先ほどから感じていた、嫌な予感が当たりそうで怖い。

彼は自分にレイプドラッグを飲ませようとしていたし、『みんなでやっちまおうかと』とも言っていた。アイスティーで意識を奪うことには失敗したが、きっとロープで身動きを取れないようにしてから、事《こと》に及ぶつもりなのだろう。

（怖い……どうしよう……）

新菜は改めて、自分の身が危険に晒《さら》されていることを自覚した。全身が震えている。

「こ、こんなことして、警察とか怖くないの？」

「へぇ……サツにたれ込むつもりなんだ？」

警察の名前を出されても、桜田は平然としている。もう一人の男が新菜の腕を取り、前川から受け取ったロープで手首をぐるぐる巻きにした。抵抗したけれど、男二人に押さえられては逃げられない。

桜田がフロアの真ん中に据《す》えられたビデオカメラを指差した。

「──そこにカメラあるだろ？　あれで一部始終を撮影するわけ。んで、それをSDカードに入れて皆川にプレゼントしてやるよ。……どんな顔するか、楽しみだな」

くつくつと笑う桜田の顔を見て、背筋がゾクリとする。冗談とかドッキリではなく、本気なのだ。

「桜田くん……」

嵌《は》められて別れたとはいえ、一度は付き合った相手である。その桜田が、凶悪犯もかくや、といったむごい言動をするなんて。

新菜は恐ろしくて泣きそうだった。脳裏に航洋の優しい顔が浮かぶ。

（航洋さん……もしかしたら、もう会えないかもしれない）

「じゃあ始めようか」

桜田のひとことで、新菜の頭の中が絶望で彩《いろど》られ始めたその時──

カフェのドアが破壊される音がした。メキメキと木枠が割れたかと思うと、バン、と外側に開く。

「っ!!　な、何……!?」

「はいはいはい、そこまで～！」

突き抜けた明るい声で入って来たのは、ＭＤＲ調査部の渡辺だ。続いて一人の中年男性と、そして最後に、航洋が姿を現す。

「こ……航洋さん……っ」

彼の姿を見るなり、新菜の瞳から涙がこぼれ落ちた。

「新菜！　大丈夫ですか？」

航洋はいつになく深刻な表情で新菜に駆け寄り、手首のロープを解く。桜田に殴られた頬を目にするなり、つらそうに表情を歪《ゆが》め、そっと撫《な》でてくれた。

それからすぐにぎゅっと抱きしめられる。航洋のぬくもりを肌に感じた時、新菜はようやく自分が助かったのだと実感して、身体の力を抜くことができた。

「……調査会社って、こんなことまでするのかよ。つか、なんでここが……」

興を殺《そ》がれた様子の桜田が三度《みたび》舌打ちをする。

「テクノロジーが日々発展していくのと同様に、人捜しのテクニックも時代によって進化していくんですよ。……それに、新菜には人をつけていましたし」

航洋が後ろに視線を送ると、渡辺がニヤリと笑った。

「わ、渡辺さんが、私についていたんですか？」

新菜は驚きの声を上げる。つけられていたなんて、全然知らなかった。

「こう見えて、私も調査のプロですから！　気づかれない尾行もできちゃったりするんです。それから、腕のほうにもちょっと覚えがありまして」

渡辺がそう言って、ドアを塞《ふさ》いでいた男の腕を捻《ひね》り上げる。女性であるのに男にも全然負けていないので、新菜は二度驚く。

「そうなんですか……」

「でもごめんなさい。本当は小坂さんに危害が及ぶ前に押し入るつもりだったのに、間に合わなくて。ドアに手こずっている間に殴られちゃいましたね。あのドア、なかなか頑丈でピッキングは無理そうだったから壊しちゃいました。後で修理依頼出しておきます」

渡辺がこの場にそぐわないおちゃめな顔で、舌をぺろりと出した。

「ちょっと八重子ちゃん……皆川くんから怒りのオーラが出てるよ。あのままじゃ、あの男の子殺されちゃう。止めてきて」

渡辺の隣にいた中年男性が、やれやれといった様相で、彼女をけしかける。

「桜田くん……あなたという男は、どこまで腐っているんですか。新菜を陥《おとしい》れて退職に追い込み、侮辱《ぶじょく》し、挙げ句の果てには監禁して陵辱しようとするなんて。女性一人に対して、よくもここまで鬼畜な真似ができたものだと感心しますよ」

「……」

新菜は三度《みたび》驚いた。

いつものように丁寧な口調なのに、こんなに冷たい航洋の声を聞いたのは初めてだったから。ふつふつと沸く怒りを抑え込んでいるのが、新菜にも分かる。

「私の大切な女性にここまでのことをしたんです。覚悟はできているんですよね？」

「ショーコ」

桜田が憮然《ぶぜん》とした態度で、ひとこと吐いた。航洋は黙って彼を見据《みす》えている。

「……」

「俺が、新菜を退職に追い込んだ証拠は？　レイプしようとした証拠は？　新菜をここに連れ込んだのも、手首を縛ったのも俺じゃないぜ？　それで逮捕できんの？　サツにたれ込みたいならやれば？」

（何言ってるんだろう、この人……）

桜田がくつくつと笑った。どこからそんな自信が出てくるのか新菜には理解できないが、彼は少しも悪びれていない。

それから少しして、今度は航洋が同じように笑い始めた。それはだんだんと明るい笑いに変化していく。おかしくておかしくてたまらない、といった様子だ。

「あははは……！」

「おい、なんでおまえが笑ってんだよ」

「誰も警察に通報するなんて、言っていませんよ、桜田史郎くん」

「……」

桜田が訝《いぶか》しげに目を細めた。航洋はその反応に満足したのか、次の句を継ぐ。

「あなた、自分が何故《なぜ》婚約を解消されたのか、本当に気づいていないのですか？　私と新菜が仕組んだからだと思っているようですが、それは大きな間違いです」

「……どういうことだ？」

「あなたが篠山家から切られた本当の理由は、この女ですよ」

航洋が指差したのは、前川だった。

「リカ？　……リカがどうかしたのか？」

（前川さんって『リカ』って名前だったんだ……）

新菜は場違いにもそんなことを考えてしまう。今まで前川の名前を知らずにいた。

「この前川リカさんがどういう女か、ご存じですか？　……西軌北進会《にしきほくしんかい》の構成員の情婦なんですよ」

「西軌北進会、って……ヤクザのか⁉」

桜田がこの上なく大きく目を見開く。

「まったく、大したタマですよ、この方は。ヤクザの女でありながら、他の男にまで手を出すやら、女性を陥《おとし》れる手伝いをするやら。……胸のテープは、墨を隠すためだそうですよ。桜田くんも気づかなかったんですから、上手《うま》く普通の女に擬態していた、ということです」

航洋が桜田から前川に視線を移した。彼女は気まずそうに目を逸《そ》らす。

西軌北進会といえば、関西最大の反社会的勢力だ。昔はよく組事務所の襲撃がニュースになっていた。そのため一般人にもその名が轟《とどろ》いており、新菜でさえ名前だけは知っていた。

前川リカはその西軌北進会の直系構成員の情婦だ。普段は関西にいる男が、上京する時に馴染《なじ》みにしている、いわゆる現地妻なのだという。男は彼女をそれは可愛がっており、浮気を絶対に許さないそうだ。

しかし、関西を拠点にしている男は常に一緒にはいられない。普段は普通の会社員をしている前川に、四六時中強面《こわもて》の監視をつけるわけにもいかない。

前川は前川で、散々関西に来いと言われても東京がいいと言って聞かなかった。そして、男が関西にいる間は、好き勝手に暮らしている。

そんな彼女はどこを気に入ったのか分からないが、桜田との仲を一年以上続けているそうだ。

（前川さん……そんな怖い人だったの？　あのテープが刺青《いれずみ》を隠すためだったって、ほんとに……？）

新菜にとってはあまりにも非現実的な出来事で、唖然《あぜん》としてしまう。そんな彼女の肩を、航洋がしっかりと抱いてくれた。

「――さてここで問題。ヤクザの女を寝取った男と、浮気した女は、その関係が露見したら一体どうなるでしょうか？」

とぼけた口調で問いかける航洋の瞳は、桜田をとらえている。その桜田はといえば、顔から血の気がすっかり失せていた。

情婦を寝取られたヤクザの報復は、警察に捕まっていたほうがよかったと思えるほどの仕打ち……かもしれない――桜田はそう考えているのだろうか。

「……っ」

「これで分かりましたか？　そんな怖い女とつながっている男との結婚なんて、娘にさせられるわけがない。……婚約破棄する理由としては十分。あまりにも危険すぎます」

篠山家の両親は、婚約解消をする時、前川のせいだとは明言しなかったそうだ。それ以外の桜田の素行があまりにも悪すぎて、そちらだけで十分婚約を破棄するに値すると考えたらしい。

裏を返せば、娘の婚約解消の原因として名前を出すのもはばかられるほど、前川という存在は危険だと判断されたのだろう。

「リカ、おまえ……どうして黙ってたんだよ！」

「だ、だって、どこからバレるか分からないから」

桜田と前川が言い争いを始める。

置いてきぼりにされた男二人は、呆れて外に出ようとした。

「ちょっと待った！　そこで痴話《ちわ》ゲンカ始めちゃってる二人ももう黙って！　……皆川さん、小坂さん、落としどころ決めちゃいましょうよ。じゃないと、こいつら逃げちゃいますよー」

渡辺がそう言って男の首根っこを掴み、中年男性がもう一人を拘束した。

「新菜は？　どうしたいですか？　ベイブリッジからバンジージャンプでもさせてみますか？」

航洋が新菜に水を向けた。穏やかに笑っているのに、結構本気度が高そうな目をしている。

「私……桜田くんと前川さんが、もう二度と私に近づかなければいいです。……それよりも、早く家に帰りたい」

新菜は航洋にぎゅっと抱きついた。その身体はかすかに震えている。

「じゃあそうしましょう。……とりあえず、そこのお二人は、新菜の温情に感謝してください。もしこの先、悪意を持って私たちに近づくことがあれば、今度こそ西軌北進会にこれを送ります。……この方たちに、法規とか理性とか理屈が通用すればいいのですけど」

航洋がジャケットの内ポケットから封筒を取り出し、桜田たちに丁重に手渡す。桜田と前川が二人並んで、慌ててその中身を広げた。

それは、彼と前川の淫《みだ》らな関係が克明に記載された報告書だ。年齢制限必須な二人の画像まで載っているのだから、言い逃れはできないレベルのスキャンダルであることは間違いない。前川にいたっては、ここにいる他の二人の男とも関係があるようで、それに関してもきちんと記されていた。

桜田と前川は、航洋に首根っこを掴まれたも同然で、警察に被害を訴えるよりは確実に、彼ら――特に、大した後ろ盾などない桜田にとっては、厳しい制裁なはずだ。

二人は青ざめたまま、黙りこくっている。

「――いいですね？　忠告はしましたよ」

航洋が冷酷な表情で彼らを指差し、念を押した。

「おいたをしたら君たちもどんな目に遭《あ》うか分からないから、いい子にしてるんだよ？」

ん？　と、渡辺が男二人に向かってにっこりと笑う。彼らは青ざめた顔でこくこくとうなずいた。

「新菜、自分で歩けますか？　無理そうならおんぶしますよ」

わずかに顔色を悪くしていた新菜の背中に、航洋が手を添える。

先ほどとは打って変わって穏やかな笑みを向けて『おんぶ』などと言ってくるものだから、新菜は頬の色味を青から赤へと変えた。

「だ、大丈夫ですから！　歩けます！」

「では、帰りましょうか。……お二人も、一旦うちに来てください。このお店の修理の手配をしますから」

航洋は渡辺たちにも声をかけ、新菜を気遣いながらカフェを後にしたのだった。

＊＊＊

「小坂さん、この方は鴻島公延氏、私が学生時代からお世話になっている興信所の所長で、調査業における私の師です」

自宅マンションのリビングに戻った。

航洋は今、CEOモードでいる。そして、先ほど彼や渡辺と一緒に来てくれた中年の男性を、新菜に紹介してくれた。

「どうも、初めまして。鴻島です」

気のいいオヤジ然とした鴻島が、名刺入れから一枚取り出して差し出す。新菜は両手でそれを受け取ると、頭を下げた。

「小坂新菜です。お名前はいつも皆川さんや根岸さんから伺っておりました。今日は本当にありがとうございました。渡辺さんも、本当に感謝しています」

航洋たちが来てくれなかったら、最悪な事態になっていただろう。

スーパーテイスターの『舌』に助けられ意識を失わなかったとはいえ、力ずくで陵辱された動画を撮られて、オンライン上にばらまかれていたかもしれない。想像したら、鳥肌が立つほど怖くなる。

（今度、お二人にはお礼を贈ろう）

新菜は心に決めた。

航洋がＭＤＲの顧問弁護士に連絡を取り、例のカフェのドア修理についての交渉をすべて一任している。個人的な依頼なので、費用はすべて皆川航洋個人の保険を使うと伝えていた。

それから鴻島と渡辺に、ごほうびとばかりにとっておきのワインを惜しみなく振る舞う。新菜はそれに合うおつまみを張り切って作った。

四人での飲み会は数時間続き、二人が帰っていったのは、夜の八時過ぎだ。

「新菜、今日は大変な目に遭《あ》ったのに、料理も作ってくれて疲れたでしょう。お風呂に入ってゆっくり寝てくださいね」

新菜がキッチンで後片づけをしている間に、航洋が湯船を洗ってお湯を張ってくれていたようだ。腕まくりをした彼が、声をかけてくる。

「あー……はい、でもその前に航洋さんとお話がしたいです。いいですか？」

新菜は茶器をトレーに載せてキッチンから出た。

紅茶を注ぐだけの状態にしておく。ソファのテーブルにそれを置き、ティーカップ二つに飴色《あめいろ》の液体を注いだ。ベルガモットの柑橘系《かんきつけい》の香りが、リラックスさせてくれる。

「新菜のお話なら、いつでもなんでも聞きたいです。……なんですか？」

航洋がソファに腰を下ろし、隣をポンポンと叩く。新菜は彼の示したとおりに座った。

「今日は本当にありがとうございました。私……航洋さんが助けに来てくれて、すごく嬉しかった。……日曜の朝のヒーローに見えちゃいました」

「ははは、私はライダーですか」

「本当に……っ、ぁ……」

航洋がおどけた途端、新菜の身体が震えだす。

（どうして……）

今頃になって、あの時の恐怖とか助けられた瞬間の安堵《あんど》感とか、いろんな感情がどっと湧いてきた。

自分の手を見ると、カタカタと震えていて、指先も冷えている。

ずっと張りつめていたものが、二人きりになって急に緩んだのか、止めようにも止められない。

それに気づいたのか、航洋がそっと新菜を抱きしめてくれた。

「新菜、怖かったでしょう。……本当に、手遅れにならなくてよかった。もう大丈夫。大丈夫ですから」

「こ、ぅよ……さん……っ」

航洋にポンポンと背中を優しく叩かれて、新菜は肩を震わせて泣いた。「怖かった」と「ありがとう」をひたすら繰り返しながら。

そうしてしばらく航洋の胸に頰を寄せていると、心が落ち着きを取り戻した。彼のぬくもりを分けてもらい、指先の熱も戻ってくる。

新菜はすん、と鼻を鳴らした後、「もう大丈夫」と呟《つぶや》いて笑った。そして、背筋をピンと伸ばす。

「航洋さん、今度の日曜日、お誕生日ですよね？　私、今日プレゼントを探しに行っていたんです。

でも見つける前にあんなことになっちゃって……」

新菜は少し落ち込む。

結局、何も買わないまま、帰宅することになってしまったから。

「私の誕生日、知っていてくれたんですね？　嬉しいです」

「それで結局、航洋さんの欲しいものを贈ったほうがいいと思って。希望があれば、教えてください」

「そうですね……今、あらゆる面で充実しているので、これが欲しい、というものはあまりなかったりするんです。新菜が我が家に来てくれて、私の大切な女性《ひと》になってくれてから、心身ともに本当に満たされていて。あなたの他に欲しいと思うものなんて、ないんですよ」

真摯《しんし》な表情でそう告げられ、新菜の頬はポッと赤らむ。

「でもせっかくのお誕生日なんですから……」

「では、バースデーケーキは新菜の手作りで」

「それは元々するつもりでした。プレゼントを考えてください」

新菜が必死にお願いすると、航洋が斜め上を見つめ、何かを考える仕草で止まる。

「んー……あぁ、誕生日にしてほしいことならありました。私の希望を二つ、叶えてくださいますか？」

「なんでしょう？」

「身の安全のために、スマートタグを持ってください。あとスマートフォンにＧＰＳ追跡アプリもインストールしてください」

今回のようなケースは滅多にあることではないが、西軌北進会という反社会的勢力が名前だけとはいえ登場してしまった以上、セキュリティに気を遣って損はないと、航洋は考えているようだ。

彼はスマートタグを数枚、新菜に手渡した。バッグの中、キーケース、そしてできれば、彼女自身にも身に着けてほしいと告げる。

「実は今回も、新菜のバッグに忍ばせておいたんです。渡辺さんが新菜を見失った時の保険としてです。そのおかげで、正確な場所を把握できました」

「え……ほんとですか？　気づきませんでした」

「勝手にしてしまって、すみません。でも、あなたの行動やプライバシーを逐一《ちくいち》監視したかったわけではないんです。桜田の婚約破棄が分かってから……こんなことが起こるかもしれないと思っていました。篠山家から依頼されて桜田の素行調査を請《う》け負《お》ったのが、うちの会社だったので」

「そうなんですか」

「それから、桜田の素行調査を篠山サイドにすすめたのは、私です。以前、ヴィラ・ベルザで会った友人の水科は、篠山乃梨子の従兄《いとこ》なんです。だから、桜田の素行を調べるべきだと彼に提案しました」

さっきまで甘ったるかった航洋の表情に、苦いものが混ざる。新菜に打ち明けるのに勇気が要《い》ったのだろうか。

「――いろいろと新菜に黙っていて、申し訳ありませんでした」

航洋が頭を下げるので、新菜は慌てて手を突き出した。

「謝らないでください。私、全然怒ってないです。……それだけ、航洋さんが私を思ってくれていた、ってことですよね？　嬉しいです、私」

「許してくれますか？」

「許すも何も、怒ってないです。スマートタグも持ちますし、ＧＰＳアプリも入れます。……だから、二つ目のお願いを言ってください」

新菜が航洋の顔を覗き込むと、彼は「本当にいいのですか？」と、表情を緩める。

「――一緒にお風呂に入ってください」

「……はい？」

航洋の申し出に、新菜はきょとんとして首を傾《かし》げた。

「新菜とお付き合いを始めてから、いつお風呂にお誘いしようか思案していました。ちょうどいい機会です。誕生日のプレゼントということで、一緒に入りましょう」

新菜の顔がボボボッと、瞬間的に赤く染まる。

「お、ふろ……」

「……ダメですか？」

戸惑《とまど》ったように眉を下げて、航洋が小声で聞いてくる。許しを請《こ》う子供のようで、なんだか可愛い。

「――分かりました。一緒に入りましょう？」

他の誰でもない、航洋のおねだりだ。恥ずかしいけれど、自分にできることであれば叶えてあげたい。

「ありがとうございます。……楽しみです」

そう答えると、航洋は今まで見たこともない甘い笑みで、新菜の頬を撫《な》でた。

11

「とても美味《おい》しかったです。ごちそうさまでした」

口元を拭《ぬぐ》った航洋は、満足して手を合わせた。新菜の食事はいつも本当に美味《おい》しくて、何を食べても脳と胃が満足感で満たされる。

「お粗末様でした。航洋さんはいつも美味《おい》しそうに食べてくれるので、私も作り甲斐《がい》があります」

新菜が作ってくれたバースデーディナーは、ローストビーフにほうれん草のキッシュ、エビのフリッター、それとカプレーゼだ。

ローストビーフは前日から仕込み、キッシュのブリゼ生地もあらかじめ作ってくれていた。そして、当日にキッシュの具材と卵液《アパレイユ》を作って焼き上げる。ローストビーフのソースも、前日焼いた時に出た肉汁を使って仕上げたそうだ。

「航洋さんは見ちゃダメです」と言われたので、土日はキッチンに立ち入っていない。だから実際は、彼女がどんなふうにそれぞれの料理を作っていったのかは知らないが。

エビのフリッターは、キッシュを焼成している間にせっせと揚げたらしい。

バースデーケーキは航洋のリクエストどおり、新菜が心を込めて作ってくれた。やはり前日にスポンジを作っておき、当日の午後にデコレーションをしたようだ。

シンプルなショートケーキ。それに『3』の数字のろうそくを二本立てた。

どれもこれも美味《おい》しくて、航洋は褒めちぎる。

『私は世界一の幸せ者です』

心の底からそう告げると、新菜ははにかんで喜んだ。

おまけに、新菜はプレゼントまでくれた。どうしても物をあげたいと彼女が主張したので、土曜日に一緒に買いに行ったのだ。

桜浜の大通りに面した皮製品の店――そこで扱っているキーケースを、おそろいで持つことにした。新菜はスモーキーピンクで花の型押しがしてあるもの、航洋のは焦《こ》げ茶で鹿《しか》の型押しだ。

あくまでも誕生日プレゼントだからと、新菜が二人分支払ってくれる。航洋は「新菜の分は私が買います」と強く言ってみたけれど、却下されてしまった。

『ありがとうございます。大切にします』

真新しいキーケースにすべてのキーを収めた航洋は、幸せを噛みしめながら、それをそっと手の平に包んだ。

そしていよいよ――

「お互いに脱がせ合いましょうか?」

脱衣室に入り向かい合って立つと、航洋は新菜の服に手をかける。

「あ、じ、自分でやりますから」

「私にやらせてください。……誕生日プレゼントの内ですから、これも」

そう言ってしまえば、新菜が抗《あらが》えないのは分かっていた。彼女の返事を聞かずに、てきぱきと服を脱がし、ランドリーボックスの中に落としていく。

自分だけ裸になるのが気まずいのだろう、新菜も航洋の服に手を伸ばしてきた。されるがままになりながら、彼女のブラジャーを外し、ショーツを下ろし、上下ともするりと抜き取る。

「あ、あんまり見ないでください」

煌々《こうこう》と灯《とも》る照明の下、新菜の裸身はくっきりはっきりと航洋の目に映っている。

彼女はグラビアアイドルのような肉感的な胸やお尻をしているわけではない。けれど全体的にほっそりとしているのに、張りのあるまろい胸と、滑《なめ》らかな曲線を描く腰、可愛らしい丸みを帯《お》びた臀部《でんぶ》は、航洋の劣情を煽《あお》るのに十分すぎるほど魅力的だ。

それなのに新菜は自分に自信が持てないでいる。味覚の件や桜田によるモラハラが大きな要因のようだ。

(もっと痛い目に遭《あ》わせてやればよかった)

思わず航洋は桜田に向かって、心で毒づいた。

航洋にとって、内面も含めて新菜のすべてが奇跡のように美しい。本人が気にしているクセ毛や小さな手足にさえ、目を奪われてしまう。

できることなら週に一度の出勤すらさせたくない。誰の目にも触れさせたくないし、新菜の瞳に映るのは自分だけでありたい。彼女を守るためなら、自分の持つありとあらゆる力を使いきることをもいとわない。

だから、新菜にはもっと自分の価値を自覚してもらわねば——航洋は彼女の眩《まぶ》しさに目を細めて告げる。

「本当に、とてもきれいです。まるで女神のようです」

「……大げさです。航洋さんのほうこそ、彫刻にしたいくらいきれいです」

航洋の裸体をまじまじと見つめることができないでいる新菜が、うつむき加減で呟《つぶや》いた。

彼女の手を取り、浴室に入る。そこは暖房が効いていてすでに暖かい。

航洋がシャワーのコックをひねると、水はすぐにお湯になり、室内にもうもうと湯気が立った。

「寒くないですか?」

シャワーヘッドを手に温度を確かめて、新菜の背後から肩に当て始める。

「はぁ……温かくて気持ちがいいです」

細い肩から下方に描かれる肢体の稜線はとてもきれいだ。肌の上をお湯が流れ落ちていく様《さま》が、煽情的《せんじょうてき》すぎる。

このきれいでいやらしい裸体を、思う存分に貪《むさぼ》りたくて仕方がないが、まだだ。

忍耐力との勝負になりそうだと、自分に言い聞かせる。

「頭、濡らしますから目を閉じてください」

「はい」

新菜の頭にもお湯をかけ、空《あ》いている手で地肌にまで行き渡らせた。柔らかくて触り心地のいい髪だ。新菜はどこに触れても気持ちがいい。

十分に濡らしたところで、シャワーを一旦止める。シャンプーボトルのノズルを何回かプッシュすると、フローラルな香りが湯気に混ざった。

航洋はそれを手の平で泡立てて、「シャンプーしますね」と断ってから、髪を洗う。顔は見えてはいないが、彼女はしっかり目を閉じているだろう。

頭皮を優しくマッサージし、シャワーでシャンプーを落とした後、コンディショナーもして、最後に軽くタオルドライをしたところで、新菜が振り返る。

「航洋さん、人の髪を洗うの上手ですね。すごく気持ちよかったです」

「気に入っていただけたなら、週末は一緒にお風呂に入ることにしましょう。洗ってあげます」

「え……あ……はい」

どさくさに紛《まぎ》れて約束を取りつけた。新菜は流されるままにOKをしてくれる。

今度は身体とばかりに、航洋はボディソープのボトルを数回押し、液体を泡立てた。

泡を新菜の背中に塗り広げ、そっと撫《な》でていく。身体にまとっていた水分が泡を滑らせて、臀部《でんぶ》のあわいにするりと押し流す。

航洋はさらに範囲を広げて、泡を身体の前面に運んだ。初めはお腹《なか》、それから鎖骨周り、そして乳房に辿《たど》り着《つ》いた。

ひくり、と、新菜の身体が反応する。

航洋は先端を避けたまま、ふくらみを下から包むように洗い、そして、やわやわと揉《も》み、捏《こ》ねた。

「あっ……やだ……、それ……っ」

新菜が身体を捩《よじ》らせて逃れようとするけれど、航洋はそれを許さない。すかさず胸の天辺をきゅっと摘《つ》まんだ。

「あぁっ」

そこはすでに硬く立ち上がり、明らかに航洋の手に反応している。

「新菜……期待していたろ？」

カチッと、脳内でスイッチが入る音がした。敬語の自分が表面から剥《は》がれ落《お》ちていく。

「んっ、ぁ……っ」

新菜の顎《あご》が上がり、腰が引けてきた。それを片腕で支え、航洋は泡を掬《すく》う。手の平が滑《なめ》らかな肌の上を好き勝手に這《は》い回る。その動きはすべて、新菜から甘い声を引き出すルートを辿《たど》っていた。

「あっ、あ、や、こ、よ……さ……っ」

洗い立ての髪にキスをしながら、航洋は手を下へ滑らせる。すでに泡にまみれていた和毛《にこげ》に指を差し入れた。そのまま泡を毛にゆっくりと揉《も》み込んでいく。

新菜の裸身が震え始める。

「ここもちゃんと洗わないと」

耳元に甘く吹き込んで。航洋の指が泡の助けを借りて、秘裂の溝をするりと往復した。

「っ、は……っ」

新菜の身体を引き寄せ、背中にぴたりと密着する。

彼女の細い腰には、すでに兆《きざ》した航洋の屹立《きつりつ》が押し当てられている。熱い塊《かたまり》の存在を、新菜もちゃんと感じているはずだ。

指先が両襞《りょうひだ》をこじ開けて中へ沈む。そこはたっぷりと潤《ほと》びており、泡よりもことさら滑《なめ》らかに愛《あい》撫《ぶ》を促《うなが》すぬかるみと化していた。

「あぁんっ、だめ……い、ちゃ……っ」

「もう達《い》きそう？　……早いね」

二本の指で襞《ひだ》を割り開くと、とろ……と、蜜があふれ、泡と混じって腿《もも》を垂れ落ちていく。そのまま二本指で擦《こす》り上げてやれば、新菜の身体はあっという間に快楽に翻弄《ほんろう》されて総毛立った。

片方の手で花芯を剥《む》き出《だ》して、泡と愛液をまとった指で柔く捏《こ》ねた途端、彼女の肢体が大きく波打った。

「あぁっ！　……んっ、んんっ」

激しい痙攣《けいれん》を幾度《いくど》か起こした後、彼女が浴室の床にくずおれそうになる。それを腕で受け止めた航洋は、新菜を湯船の縁に座らせた。蓋《ふた》が載せられているので、倒れても受け止められるだろう。

「新菜、大丈夫？」

「ん……き、もちよかったの……」

「そっか。よかったんだね」

半ば放心状態の彼女に、航洋は優しく話しかける。

新菜をそこで休ませている間に、彼は自分の身体を洗う。中心で悠々と崛《くっ》起《き》する雄芯は、先ほどよりも硬度を増していた。新菜の痴態を目と身体で感じたのだから、当然と言えば当然だ。

すべてを終えてから、改めて新菜の泡をすべて洗い流し、二人は湯船に入った。入浴剤は乳白色の温泉系のものを選んでいる。

後ろから抱きしめると、彼女は居心地悪そうにもじもじと腰を動かす。お尻に航洋の肉塊の感触を受けているせいだろう。

「航洋さん……いいの？　このままで」

「俺はね、一番美味《おい》しいものは最後までとっておくタイプなんだ。いつもご飯を作ってくれる新菜なら、分かると思うけれど」

食事の時、航洋は基本的にはおかず、ご飯、汁物と、順々に食べていく、いわゆる『三角食べ』をしている。しかしそこに好物が登場した時だけは、それを最後までとっておくのだ。

それを見て新菜が、『航洋さん、可愛いですね』と笑っていたのを、ふと思い出した。

「航洋さんにとって、私は美味しいの……？」

おずおずといった口調で投げかけられた問いに、航洋はフッと笑う。

(可愛い……このまま新菜の腰を上げて挿入《いれ》てしまいたい)

頭をよぎった不埒《ふらち》な欲望を鋼《はがね》の理性で振り払い、新菜の腰に回した手にぎゅっと力を込めた。

ちょうどいい位置にある肩に顎《あご》を乗せると、彼女は安心したように身体を預けてくる。

それがとても心地よくて幸せだと思う。

「新菜のすべてが、俺にとってはごちそうなんだ。高級レストランのコースなんて目じゃないくらい、美味《おい》しくてたまらない。……だから、お風呂から上がったら食べさせて」

糖分高めの声音でそっと囁《ささや》くと、新菜は元から赤かった耳をさらに濃く染めて、こくん、とうなずいたのだった。

＊＊＊

もつれ合うようにベッドに倒れ込むと、航洋が新菜の身体に巻かれたタオルを少し乱暴に剥《は》ぎ取《と》った。

「新菜、自分で押さえてて」

新菜の両足を広げさせ、それぞれを彼女の手に委《ゆだ》ねる。新菜はたちまち羞恥心《しゅうちしん》をその顔に覗かせた。

「は、ずかしい……」

「お願いだ。……誕生日プレゼントだと思って」

本日限りのワイルドカードを掲《かか》げられて、ぐぅ、と、言葉が詰《つ》まる。少しの逡巡《しゅんじゅん》の後、新菜は諦めて両手で自分の膝裏を抱えた。

「ん……」

（は、恥ずかしい……何これ……）

半分やけになり、足を広げる。これも航洋のためだと、自分に言い聞かせた。

「ありがとう……すごくすごくいい眺めだ。興奮する」

航洋が割り開かれた秘部に顔を近づける。

そこは先ほどの潤《うるお》いがわずかに残っていた。しかも、恥ずかしい肢位を取らされていることで、さらに愛液が湧いてきている。

航洋が新しいぬかるみに指を送り、塗り広げた。焦《じ》らすことなく花芯の包皮をめくり上げ、蜜を垂らし、なじませるみたいに愛撫《あいぶ》する。

「あぁっ、そ、こ……っ、きもちぃ……っ」

航洋との睦《むつ》み合《あ》いで、新菜はすっかり快感に飼い慣らされてしまっていた。抱かれるたびに、初めは必ず「いや」だの「だめ」だのと羞恥《しゅうち》で拒否するのに、そこを越えると、素直に官能的な言葉を口にしてしまう。

「気持ちいい？　俺のを挿入《いれ》ていい？」

「んっ、い、れてぇ……」

「分かった。……けどあと少しだけ、新菜を可愛がらせて」

そう言い残し、航洋が新菜の秘裂に顔を埋《うず》めた。

「あぁっ！　はんっ……、い、く……っ」

ぴちゃぴちゃと水音を立てて舐《な》め、花芯が嬲《なぶ》られる。

こんなのずるい。すぐに堕《お》ちてしまう。

新菜はシーツと枕を握りしめ、肢体をしならせた。

「はぁ！　い、く……っ、いっちゃ……っ!!」

強い快感にもみくちゃにされ、あっという間に達する。息を乱しながら陶然《とうぜん》としていると、航洋が「すぐに達《い》けて、なんていい子なんだ」と、キスをしてくれた。

四肢をシーツの上に投げ出した新菜は、傍《かたわ》らで彼が避妊の準備をしているのを、うつろな目で眺める。

「新菜、起きられる？」

いつの間にか戻ってきていた航洋が、新菜の顔を覗き込んだ。

「ん……」

言われるがままに起き上がると、腰をかかえて抱っこをされる。航洋が新菜の下に身体を滑り込ませてきて、彼女はその上にまたぐように下ろされた。

何をされるのか……いや、何をしてほしいのかが分かって、新菜の頭が覚醒《かくせい》する。

「航洋さん……私、自分でできます」

恥ずかしい。

でも恥ずかしいよりも「航洋のために何かしてあげたい」が先に立つ。

いつもいつも新菜のために動いてくれて、新菜を喜ばせてくれて、新菜を助けてくれる。そんな愛しい人に喜んでもらいたい。

男性を翻弄《ほんろう》できるほどの手技なんて持っていないから、きっと拙《つたな》い動きしかできないだろう。それでも、あふれんばかりの想いは航洋になら伝わってくれるはずだ。

新菜は改めて航洋の身体をまたぎ、膝立ちをする。硬くそそり勃《た》った雄芯に手を添えて、自分の蜜口へ導いた。

「ん……」

滴《したた》る蜜をまとわせるように擦《こす》りつけ、襞肉《ひだにく》で包むように固定し、ぐっと腰を落とす。

「んん……っ、ぅ、ふ……」

隘路《あいろ》を上ってくる楔《くさび》は、やっぱり熱くて。航洋が中にいるのだと実感できる。

なんとか全部収めきり、彼の下腹部でぺたんと座る形を取った。

「は……新菜の中がきつくて、うねっていて、このままでも気持ちがいい」

航洋が目を閉じたまま、色づいた吐息《といき》を漏らす。

「動きます、ね」

まずはゆっくり腰を浮かして、楔《くさび》が抜けてしまわない程度までで止めて、ゆっくり戻る。それを幾度《いくど》か繰り返した後、だんだんと動きを速めていった。

ぬち、ぬちゃ……と、律動に合わせて蜜音が鳴る。その音もだんだんと速くなり、その内ぶしゅぶしゅと飛沫《ひまつ》を散らし始めた。

「あ、あ、あ……んっ、はぁ……っ」

(私が気持ちよくなって、どうするの……)

自重で深く深く屹立《きつりつ》が入り込み、子宮口を容赦なく突いてくる。気が遠くなるほど気持ちがいい。

「はぁ……新菜、すごくいい。……すぐに達《い》きそうだ」

「こう、よ……さ……んっ、あぁっ、わたしも……いい……っ」

航洋が手を差し出してきたので、それに応《こた》えて、指を絡ませた。きつくつないだ手から、お互いの熱を分かち合う。

腰を回したり、前後に動かしたり、新菜なりに二人が気持ちよくなる律動を模索してみる。その都度、違う種類の快感に痺《しび》れて「んっ」「あっ」と、小さく喘《あえ》いだ。

「新菜、新菜……可愛い。俺の新菜。……健気《けなげ》で、いやらしくて、世界で一番可愛い、俺の……っ」

少し荒っぽく言葉を吐き捨て、航洋がいきなり下から新菜を突き上げる。

「はぁっ！　あぁんっ……、んぅ!!」

新菜の目の前がチカチカと明滅した。きゅうっと、膣壁が収縮する。媚肉が生き物のようにうねり、航洋の雄肉に絡みついて絞り上げる。

「新菜……っ、ぅ……っ」

新菜の胎内の奔流《ほんりゅう》に巻き込まれ、航洋が唸《うな》りながら二度三度と肉塊を突き入れた。薄膜越しに精を吐き出したのが、新菜にも分かる。みっちりと膣肉に包まれた幹がびくんびくんと脈動しているのが伝わってきた。

新菜は電池が切れたように、航洋の上に倒れ込む。

「は……はぁ……あぁ……」

乱れた息を整えながら、わずかに汗ばんでいる航洋の胸板に手の平を滑らせた。彼もまた新菜の背中に手を回し、ゆるゆると撫《な》でる。

「新菜……愛してる」

「わ、たしも……愛してます」

ひとしきり余韻を楽しんでから新菜は身体を起こし、航洋の上から下りようとした。けれど、左手を引かれる。

「新菜、少し待ってて」

航洋が新菜の中に入ったまま、彼女を片手で抱きしめて起き上がった。振り返ってヘッドボードの棚に手を伸ばし、手探りでごそごそと目的のものを取る。それから新菜の手元で何かをした。

指に金属の感触がする。

「何したの？　……え？」

彼女は左手をパーにして顔の前に掲《かか》げた。

セックスの余韻で靄《もや》がかかったままの目に、最初に入ったのは光だ。

キラリと眩《まぶ》しいと思った次の瞬間、視界に入った――まばゆくきらめくダイヤモンド。

ピンクゴールドのリングの上で、大粒のダイヤモンドが、ブリリアントカット特有の強く格調高い輝きを放っている。

「これ……」

左手の薬指にはまったダイヤの指輪――それが何を意味するのか、分からないほど鈍くはない。

航洋が新菜の手を取り、指先にくちづけた。

「新菜、私と結婚してください」

二人とも裸で、しかも未だつながったまま。それなのに航洋は、敬語でプロポーズの言葉を紡《つむ》いだ。

「……」

なんと返事をしたらいいのか、言葉が出てこない。

しかもよく見ると、その指輪は、あの日新菜がショーウィンドウでうっとりと見とれていたマリッジリングと同じブランド同じラインのものだ。

じっと見つめていると、今度は額《ひたい》にキスをされた。

「例の事件の日、新菜がこのブランドの指輪に見入っていたと、渡辺さんが教えてくれたんだ。だからすぐにサロンに行って、注文した。どうしても今日、俺の誕生日にプロポーズしたくて急いでもらってね」

渡辺が新菜のボディガードをしてくれていた日、あのウィンドウの前で目を輝かせていた姿を見られていたらしい。

それにしても、サイズもほぼぴったりだ。何故《なぜ》分かったのかと問う。

「新菜のジュエリーケースから、こっそり指輪を拝借したんだ。右の薬指にはまっていたものなら、サイズも大丈夫じゃないかと思って。もし直したいのなら、一緒に行こう」

平然とそんな答えが返ってきたので、新菜は笑ってしまった。

「航洋さん、私でいいんですか……？」

本当に自分は航洋の妻にふさわしいのか、彼との結婚を周りが納得してくれるのか分からず、気弱になってしまう。

するとと彼は新菜の両の手をぎゅっと握った。恋人つなぎだ。そして新菜のくちびるにちゅ、とキスをひとつ。

「新菜のすべてが、俺にとって宝物で、一生大切にしていきたい。俺の妻は新菜以外には考えられない。……新菜は、俺以外の男と結婚したいとか、結婚するかもとか、そういう可能性を考える？」

逆に問われ、新菜は慌ててふるふるとかぶりを振った。

新菜だって、誰か別の男性との結婚なんて考えられない。一生をともにしたいと思うのは、航洋以外にはいないのだ。

「私も……夫にするなら航洋さんがいい」

「ありがとう。絶対に、絶対に幸せにする」

航洋が再びくちづけてきた。ちゅ、ちゅ、と、顔中にキスの雨を降らせる。それがくすぐったくて、でも幸せで。

新菜は握られたままの手を掲《かか》げ、航洋の指にくちびるを押しつける。

「航洋さん。プロポーズ、謹《つつし》んでお受けします。……私のこと、あなたのお嫁さんにしてください。……一緒に幸せになろうね」

航洋の瞳を見つめて、迷いも憂《うれ》いもない、晴れ渡った青空のように笑ったのだった。

エピローグ

例の事件から一ヶ月ほどが経った。

桜田も前川もすっかりおとなしくなったようで、新菜や航洋に接触する気配すらない。

航洋は念のため、定期的に桜田たちを調べさせ、こちらに対する動きが少しでも見られれば、対処することにしているらしい。ひとまずは安心できそうだ。


とある週末。二人で並んで洗濯物をたたんでいると、航洋がふいに切り出した。

「新菜、実は母から、クリスマスホリデーに二人でアトランタに来ないかと誘われたんです。もちろん新菜がOKしてくれたら、ですが。何せ時期が時期なものですから、念のためチケットだけはもう押さえてあるらしくて。……気が早いですよね、うちの母も」

航洋と大地の母は、七年ほど前に彼女の勤務先に出張でやってきたアトランタ支社の役員に見初《みそ》められ、五年前に再婚したそうだ。

再婚相手に帯同して渡米する際、転勤という形で向こうの支社に籍を移して今でも働いているが、そろそろリタイヤを考えているらしい。

アメリカの年末の休暇はクリスマス時期に当たる。十二月二十日頃から一月一日までが休みで、新年は二日から仕事始めの企業が多い。日本の年末年始休暇とは若干ずれているのだ。

それを航洋の母は、日本から来る二人のために休みを延長してくれるという。

「是非お母様にお会いしたいです。それに、義理のお父様にも」

今はビデオ通話で、遠方にいながらにして顔を見て話すことも可能だ。

しかし、航洋が新菜との婚約を母に報告すると、「航洋のお嫁さんに初めて会うなら、画面越しじゃなくて直接がいいわ」と言われたそうだ。だから新菜は未だに航洋の母に会っていない。

一方、新菜の実家は東京の下町にあるのだが、例の事件の後、一度航洋を連れていった。

両親は息子の内定先の社長が娘の恋人だと知り、何が何やらと困惑するも、結婚したいと告げると、大喜びしてくれた。

だから、航洋の母親にも結婚前にきちんと会っておきたい。

「じゃあ行きましょうか。初めての二人での旅行ですね。せっかくですから、フロリダにも足を伸ばしてみませんか？　隣の州ですし」

「わぁ、いいですね！　ワクワクしちゃいます、いろいろと」

アメリカでの年末年始はどんなふうなのだろうとか、航洋の母に会うのに緊張するなぁとか、様々な思いが湧いてくる。

けれど、結婚に着々と近づいている感じがして、すごく嬉しい。

新菜の気持ちは、早くもアメリカへの期待でふくらみ始める。

洗濯物をたたみ終えたところで、各々《おのおの》のものを持って立ち上がると、航洋が耳元で囁《ささや》いてきた。

「私も、アメリカで新菜にどんなことをしようか、今から楽しみです」

色っぽい声音で吹き込まれ、ポッと頬が赤く染まる。

新菜とではなく、新菜に、と言い出した時点で、彼の中でどんな光景が繰り広げられているのかは、彼女にも想像がついた。

「もう、航洋さんはすぐそういうことを言うんだから」

頬をふくらませて彼をたしなめてはいるけれど、そういうこともひっくるめて、これからも航洋と二人でいろんな経験をして、充実した人生をともに生きていきたい——そう思う新菜だった。

番外編　S系の恋人と蜜甘な旅行計画

「新菜、フロリダに行くのに水着はどうしますか？」

師走に入り、寒さも厳しくなってきたとある週末の夜、航洋が尋ねてきた。新菜が作ったイタリアンプリンを食べてご満悦の表情だ。

「水着……ですか？」

今日も寒かったですね、と、夕食に温かい水炊《みずた》きを食べたばかり。それなのに季節外れな単語が聞こえて、新菜は一瞬、戸惑《とまど》った。

「フロリダは冬でも割と泳げますよ。特にホテルですと室内プールがありますし、あれば念のために持っていったほうがいいです。向こうでも一応買えますが」

航洋がフロリダに行くのは二度目だそうだ。母親がアトランタに越した翌年に、大地と一緒に彼女を訪ね、そのついでにキーウェストまで車で旅をしたという。

男二人でサザンモストポイントで写真を撮ったり、ヘミングウェイの家を回ったり、キーウェストのサンセットを眺めたりしたらしい。

新菜は兄弟の仲睦《なかむつ》まじい様子を想像して、なんだかほっこりした。

かくいう新菜と航洋も、今年の年末年始をアトランタとフロリダで過ごすことになったのだが、今回はキーウェストではなく、オーランドでテーマパーク巡りをする予定にしている。

そこで泊まるホテルに、大きなプールがあるそうだ。

「あ……じゃあ、一昨年《おととし》買った水着があるので、それを持っていきます」

「持ってるんですね？」

「友達とハワイに行ったんです。その時に買って持っていったやつなんですけど」

「へぇ……」

刹那《せつな》、航洋の目がキラリと輝いた……のは、新菜の気のせいではないと思う。

その瞬間にはもう、嫌な予感がしていた。

おそらく、次に言われるのは――

「着てみせてくれませんか？」

(言うと思った！)

新菜の予想と一言一句違《たが》わない台詞《セリフ》が、航洋の口から放たれる。

「え……い、やです」

部屋の中とはいえ、真冬に水着姿になるなんてなんだか変だし、それに恥ずかしい。

「どうして？　今は私しか見ないですし、フロリダでも着るんですから」

「そういう問題じゃなくて……」

航洋はあくまでも穏やかな口調で、優美な笑みを崩さない。けれどその目が妖しげな期待で満ちているのを、新菜は見逃さなかった。

「それに何より……私はすでに、新菜の身体を隅々まで知っているんですよ。恥ずかしがる理由がありません」

どんな水着なのだろう――とか。

水着をまとった新菜はさぞ可愛いだろう――とか。

一緒にプールで泳ぐのが楽しみです――とか。

立て板に水の如《ごと》く、自分がどれだけ新菜の水着姿に期待しているかを力説してくる。

普段も決して寡黙《かもく》ではないが、ここまで饒舌《じょうぜつ》な航洋は珍しい。

(こんな航洋さん、初めて見た……)

意外な姿にびっくりしたが、自分に対してある種の執着を見せてくれたのが、思いのほか嬉しかった。

今、新菜はとても幸せな毎日を送っている。半年前には考えられないほど、満ち足りていた。

作った料理を美味《おい》しそうに食べてもらえる喜びは、何ものにも代えがたい。

週末、一緒にキッチンに立って料理をしたり、洗濯物を並んでたたんだりするのは、単調になりがちな家事を何倍も楽しくしてくれる。

そんな日常の幸せを教えてくれたのは、全部全部、航洋だ。

大好きな男性《ひと》に愛されているのを実感し、毎日、全身が愉悦で震えるほど。

彼の愛情に報《むく》いるにはどうしたらいいのかと、新菜は日々模索していた。

(喜んでもらえるなら……)

新菜はおずおずと航洋を見上げて問う。

「……変なこと、しませんか？」

「私とあなたの中で『変なこと』の解釈が違うかもしれませんが、しません」

断言する航洋に、うなずいた。

「じゃあ……少し、だけ」

自室に入ると、クローゼットの中にしまってあった水着を引っ張り出し、ベッドに上に広げてみる。

薄いブルーの小花柄のフレアビキニに、同じ柄《がら》のビーチ用ワンピースがついているスリーピース。フロリダに持っていくならこれだ。

とりあえず着てみるだけ着てみようと、新菜は服を脱いだ。

水着とシースルーのワンピースを身に着けて、部屋の姿見で確認をする。サイズは問題なさそうだ。

（でも、アメリカだと子供扱いされそうな気がする……）

向こうの肉感的なスタイルの女性たちに比べたら、新菜の身体は子供に見えてしまうだろう。凹《おう》凸《とつ》はあるにはあるものの、それほどメリハリのある体つきではない。背も特別高くなかった。

しかも、欧米人に引けを取らない体格の航洋が一緒なのだ。下手をすれば彼が保護者に見られるかもしれない。

考えても仕方のないことだけれど。

「他人《ひと》にどう思われてもいいの！　航洋さんが気に入ってくれればそれで！」

新菜は両のこぶしをぎゅっと握りしめた。


「航洋さん……こんな感じです」

少し躊躇《ためら》いながらＬＤＫへ戻ると、ソファに座っていた航洋が目を見開き、口元を手で覆《おお》った。

「……天使がいますね」

冬の大地に舞い降りた夏の使者だと、うっとりと口にする。新菜の姿をほんのわずかも見逃すまいと、視線を据《す》えたまま。

「大げさですよ！　もう……」

以前も新菜の裸体を見て『女神だ』と言っていたし、本当になんの照れもなく、さらっと褒めそやすのだから。

面映《おもは》ゆいけれど、でも、嬉しい。

新菜はもじもじと照れて身体を揺らす。それに合わせてワンピースの裾《すそ》がひらひらと踊る。

「ワンピース、脱がないんですか？」

当然、といった声音で、航洋が新菜の肢体に張りついた布地を摘まんだ。

「……脱がなきゃダメですか？」

「手伝いましょうか？」

「……自分でやります」

ワンピースはホルターネックで、首元のひもを緩めれば下から脱げる。

新菜は後ろ手にひもを外し、そのまま布地をするりと足下に落とした。

今の季節にはそぐわない姿を、航洋の目の前に晒《さら》す。

（やっぱ恥ずかしい……）

水着や下着どころか、全裸さえも彼には何度も見られているのに、未だに慣れないのはなぜなのか。

羞恥心《しゅうちしん》がじわじわと皮膚に滲《にじ》み出てくる。

ここがビーチならまだ平気なのに。

航洋が新菜の全身に視線を滑らせ、それから眉をひそめて大きく息を吐き出した。

「……困りました」

「何がですか……？」

「こんなにも可愛い水着姿を他の男に見られるなんて……これはダメです。いけませんね」

額《ひたい》に手を当て、苦しげにかぶりを振る。

「あの……航洋さん。アメリカの人から見たら、私なんてセクシーの『セ』の字もない子供にしか見えないと思いますけど……」

「何を言ってるんですか。新菜の可愛さは人種の壁など軽く超えます。はぁ……どうしたものか」

「航洋さんが水着持参で、って言ったのに……」

真剣に悩んでいるふうの彼に、新菜は苦笑いでぼそりとこぼす。

「男には、矛盾する二つの感情が存在しているんです」

するとと航洋が、真顔でそう前置きした。新菜は促《うなが》すようにうなずく。

「――『俺の彼女は世界一可愛くてきれいだ。皆、ひれ伏せ』という、他の男にマウントを取りたい気持ちと、『絶対に誰にも見せたくない。俺だけのものにしておきたい愛しい女性』という、独占欲を煮詰《につ》めた愛情です。相反したものですが、心の中では確かに両立しています。私は今、この二つの感情の狭間でジレンマを感じている最中です。……さて、どうしましょうか」

顎《あご》に手を当て、ぶつぶつと誰にともなく問いかけている航洋。

あまりにも彼が真剣なので、恥ずかしいのも忘れてクスクスと笑いながら、新菜は足下で布きれと化していたワンピースを拾い上げて再び着た。

「そもそも年末の旅行は、航洋さんのお母様に会いに行くことがメインなんですから。水着ごときでそんなに悩まないでください。それに、持っていっても着る機会がないかもしれないじゃないですか。仮に着たとしても、子供だと思われますよ。大げさに悩みすぎなんです、航洋さんは」

「――新菜、ちょっと……」

航洋がソファの座面をポンポンと叩く。隣においでという合図に、新菜は何事だろうと示されたまま座った。

「どうかしました？」

「新菜と付き合うようになってから、私は変わったと思います。あなたが好きすぎて、あなたの言動に一喜一憂し、ついみっともないところを見せてしまう」

自嘲《じちょう》して笑う航洋が、新菜の手に自分のそれを重ねて握る。

「航洋さん……」

「でもこの世の誰よりも、新菜のことを愛してます。……どうか、私のことを嫌いにならないでください」

真摯《しんし》な表情にわずかな不安を覗かせる航洋。何もかもが完璧な彼の中にこんな弱さがあるだなんて、誰も思わないはずだ。

新菜だけにしか見せないであろう、意外な一面――それがたまらなく愛《いと》おしい。

「私も航洋さんをこの世で一番愛してます。嫌いになったりしませんから」

新菜は正直に想いを告げる。自分の手を握る航洋のそれに、もう片方の手を重ねた。

航洋は一瞬だけ、目元を歪《ゆが》ませて――

「新菜……可愛い。俺の……」

言葉を最後まで紡《つむ》がずに、新菜のくちびるを塞《ふさ》いできた。

リビングの空気があっという間にピンクに染まっていく。

絡ませ合った舌が立てる水音が、新菜の身体の奥から官能を呼び起こし、全身を震わせた。

「ん……ぅ……」

航洋が彼女の首筋に手を伸ばし、結ばれていたビキニのひもを器用に解く。しゅる……と衣擦《きぬず》れの音がした。

それからワンピースの裾《すそ》をたくし上げて両の手を新菜の背中へ差し入れ、ホックも外してしまう。

そうして支えを失ったビキニをするりと取り去って、ソファの外へポイと投げた。

くちづけはさらに激しくなり、新菜は鼻で呼吸をするのも忘れそうなくらいだ。

その間に航洋は、フリルに縁取《ふちど》られたショーツをもあっさりと脱がした。キスに翻弄《ほんろう》されていた新菜には、抗《あらが》う間もない。

ようやくくちびるを解放した航洋が身体を離し、新菜の姿を見つめた。

「は……これはやばいな、新菜」

今の新菜は、全裸の上にシースルーのワンピースだけを身につけている状態だ。ベビードールと言われてもさほど違和感がない。

「や……なにこれ……」

水着姿はまだいいけれど、これは……我ながら、視覚を刺激されてどうしようもなく恥ずかしい。

「すごく……すごく可愛い」

けれどゆるゆると無防備な胸を揉《も》まれてしまい、新菜の身体に小さく火が点る。先端をくにくにと指先で拉《ひし》がれて――それが布地を押し上げるほど硬く勃《た》ち上がる頃には、体内の火はもう下腹の奥を舐《な》めるほどに広がっていた。

次の瞬間、航洋が布の上から乳嘴《にゅうし》をじゅ、と吸う。

「やぁっ、んんっ」

何度も何度も舐《ねぶ》られて、すっかりワンピースが濡れた。しかも航洋の手は胸だけではなく、秘裂をも布地越しに撫《な》でてくる。

「あぁんっ」

両襞《りょうひだ》のあわいに、指で押し込まれた布が沈み込む。すぐに蜜液がじゅわと染み出てきて、航洋の指を濡らしたのが、新菜にも分かった。

指を前後に動かされ、さりさりとした感触が秘部をやさしく刺激してくる。でも、布地一枚を経た愛撫《あいぶ》はやっぱりもの足りない。

航洋がいつもくれる快感は、こんなものではないのだから。

「んっ、こ……よ、さ……」

「直接触ってほしい?」

もどかしげで、もの欲しげな声で名前を呼ぶと、航洋はすぐに察してくれた。新菜が目をぎゅっと閉じたままこくこくとうなずいた直後、ひら、と裾《すそ》がめくられる感触がする。

新菜の身体はすでにソファの上に横たえられており、航洋が彼女の足を容赦《ようしゃ》なく広げた。引き寄せたローテーブルの上に片足を、もう片方はソファの背もたれに据《す》える。

隠しようもないほど大きく開かれた蜜口に、ワンピースがするんと滑り落ちてきた。

「──こんなにいやらしい身体のどこが子供だって?」

航洋が薄布にふぅ、と息を吹きかける。

「ひぁっ」

新菜の下腹部がひくりと疼《うず》く。同時に、彼の手が布をもう一度めくり、ぬらぬらと淫《みだ》らに光る襞《ひだ》を舐《な》め上げた。

「はぁっ、んっ、ゃ……っ、だ、め……っ」

新菜の拒否の言葉など意に介さず、航洋はぴちゃぴちゃと蜜音を派手に立てながら舐《ねぶ》り続ける。

「あ、あ、あぁっ、んんーーーーっ」

花芯を舌で捏《こ》ねられた瞬間、新菜の身体は抗《あらが》う間もなく絶頂へ押しやられた。

「すっかり達《い》きやすい身体になったね、新菜」

口元を拭《ぬぐ》いながら、彼はうっすらと笑みを浮かていべる。

「っ、航洋さんのせい、なんだから……」

くったりとした身体に力が戻らないままの新菜は、頬を染め、涙目で抗議した。

シースルーのワンピースは、すっかりぐちゃぐちゃになっている。それをそっと新菜から抜き取ると、航洋がひらひらと揺らした。

「ごめん、新菜……。新菜がこれを着ているのを見た時から、こうしたくて仕方がなかった。……あまりにきれいで、我慢できなかった」

そう弁解しながらも手早く避妊の準備をし、新菜のとろけきった膣口に屹立《きつりつ》を押し込む。

いつもよりも性急な航洋の姿がやけに新菜の胸に迫《せま》って、きゅうっと締めつけてくる。

「ん、航洋さん……っ」

「愛してるよ……新菜」

硬く兆《きざ》しきった雄芯にぐちゅぐちゅと容赦《ようしゃ》なく突き上げられ、くちびるからは甘ったるい喘《あえ》ぎ声しか上がらない。

「あんっ、わ、私も……っ」

(好き。大好き……航洋さん)

水着を着てほしいと言われた時から、実はこうなる予感がしていた。

一応、拒否の意は見せたし、「変なことをしないで」と釘も刺してみた。けれど、航洋の情欲を心底は拒めなかった……いや、拒まなかったのだ。

航洋とこうして肌を重ねて濃密に愛し合うことは、新菜にとってもこの上ない幸せなのだ。

けれど――

(あぁもう……っ)

またソファを掃除しなくちゃ――心の片隅でそんなことを思うけれど、大きな快感に呑み込まれてしまい、新菜の思考も身体も、航洋にとろとろに溶かされたのだった。

～大人のための恋愛小説レーベル～

ETERNITY
エタニティブックス

手首へのキスは欲望の証…
Sweet kiss Secret love

ETERNITY Rouge
エタニティブックス・赤

沢渡奈々子《さわたりななこ》
装丁イラスト／蜂不二子

過去に社内で人気のある男性とつきあいトラブルにあったせいで、社内恋愛にトラウマがある香澄《かすみ》。そのため彼女は、女性に人気のある男性社員にはなるべく近づかないようにしている。それなのに、新しく赴任してきた超美形の碓氷《うすい》になぜか猛烈アプローチされてしまった！　なんでも「香澄の手首が理想の手首」らしい。最初は引いていた香澄だが、徐々に彼が気になってしまい!?

※エタニティブックスは大人の女性のための恋愛小説レーベルです。ロゴマークの色で性描写の有無を判断することができます（赤・一定以上の性描写あり、ロゼ・性描写あり、白・性描写なし）。

詳しくは公式サイトにてご確認ください。
https://eternity.alphapolis.co.jp/

携帯サイトはこちらから！

この作品に対する皆様のご意見・ご感想をお待ちしております。

おハガキ・お手紙は以下の宛先にお送りください。

【宛先】

〒150-6008 東京都渋谷区恵比寿 4-20-3 恵比寿ｶﾞｰﾃﾞﾝﾌﾟﾚｲｽﾀﾜｰ ８F
(株) アルファポリス　書籍感想係

メールフォームでのご意見・ご感想は右のＱＲコードから、
あるいは以下のワードで検索をかけてください。

アルファポリス　書籍の感想　検索

ご感想はこちらから

腹黒《はらぐろ》ＣＥＯ《シーイーオー》ととろ甘《あま》な雇用契約《こようけいやく》

沢渡奈々子（さわたりななこ）

2021年 11月 30日初版発行

編集ー黒倉あゆ子
編集長ー倉持真理
発行者ー梶本雄介
発行所ー株式会社アルファポリス
〒150-6008 東京都渋谷区恵比寿4-20-3 恵比寿ｶﾞｰﾃﾞﾝﾌﾟﾚｲｽﾀﾜｰ8F
TEL 03-6277-1601（営業） 03-6277-1602（編集）
URL https://www.alphapolis.co.jp/
発売元ー株式会社星雲社（共同出版社・流通責任出版社）
〒112-0005 東京都文京区水道1-3-30
TEL 03-3868-3275
装丁イラストー小路龍流
装丁デザインーansyyqdesign
印刷ー株式会社暁印刷

価格はカバーに表示されてあります。

落丁乱丁の場合はアルファポリスまでご連絡ください。

送料は小社負担でお取り替えします。


ISBN978-4-434-29611-6 C0093